極楽日和

立場茶屋おりき

今井絵美子

時代小説文庫

角川春樹事務所

目次

極楽日和

水無月《みなづき》（六月）に入ると、立場茶屋《たてばぢゃや》おりきは応接に暇《いとま》がないほどに怱忙《そうぼう》を極《きわ》める。

それでなくても、常《つね》から旅人や坂迎え《さかむかえ》（旅人を出迎える）の客が引きも切らないというのに、待ちに待った山開きを迎えて富士講《ふじこう》までが加わるのであるから、茶立女《ちゃたておんな》たちは席の暖まる暇《ひま》もなかった。

客が席を立つと急いで飯台《はんだい》の上を片づけ、待合《まちあい》の客を席に導《みちび》き注文を聞いて板場に通す。

「五番飯台、穴子《あなご》釜飯《かまめし》三丁、朝餉《あさげ》膳《ぜん》二丁、お銚子《ちょうし》三本！」

百世《ももよ》が声を張り上げ、板場に注文を通す。

百世が立場茶屋おりきに来て、今日で四日目……。

初日はどこかしら心許《こころもと》なかった注文を通す声にも、やっと張りが出て来たようである。

「おっ、八番飯台の釜飯と刺身《さしみ》が上がったぜ！」

板場の中から板頭《いたがしら》の弥次郎《やじろう》が声をかける。

百世は配膳口《はいぜんぐち》に廻《まわ》ると、盆《ぼん》に釜飯と刺身を載《の》せ、客席へと運んで行った。

帳場の傍《そば》に佇《たたず》み百世の動きを眺《なが》めていた亀蔵《かめぞう》親分が、茶屋番頭の甚助《じんすけ》を振り返り、ほっと安堵《あんど》したように目まじする。

甚助は肩を竦《すく》めてみせた。

「まったく、親分は心配性《しんぺえしょう》なんだから！　大丈夫《でえじょうぶ》でやすよ、百世は……。さすがに初日は少しまごついていたようだが、二日目にはちゃんとお品書《しながき》を頭にたたき込んでいるのだからよ。覚えが早《はえ》ェというか、ありゃ頭がいいんだな……。そんなわけでやすから、親分、そう毎日覗《のぞ》きに来られなくても……」

「なに？　俺が来たら迷惑とでもいうのかよ！」

「いえ、そういう意味じゃ……」

亀蔵のムッとした様子に、甚助が慌てる。

そこに、食事を終えた富士講の一団が、ぞろぞろと列をなして鳥目《ちょうもく》（代金）を払いにやって来た。

彼らが白装束《しろしょうぞく》といった行者姿《ぎょうじゃすがた》をしているのは、それだけ富士講が危険を伴《ともな》うということなのであろう。

それに引き替え、六月二十八日を初山《はつやま》とする大山詣《おおやまもうで》は厄除招福《やくよけしょうふく》を願う鳶《とび》や職人が多く、彼らは威勢がよく、身形《みなり》をひと目見ただけで、富士講との違いが判《わか》るのだった。

「へっ、毎度どうも！」

甚助は助け船とばかりに、白装束の一団に愛想笑《あいそわら》いを返した。

亀蔵にしてみれば、こうなると退散せざるをえない。

亀蔵は後《うし》ろ髪を引かれる想《おも》いで、茶屋を後にした。

とは言え、亀蔵がこのままあっさりと引き下がるはずがない。

次に行くところは言わずもがな、おりきがいる旅籠《はたご》の帳場……。

おりきは亀蔵が来るのが判っていたのか、おかしさを噛《か》み殺し、くくっと肩を揺《ゆ》すった。

「おいでなさいませ。もうそろそろお見えになるのではと思っていましたのよ」

案の定、亀蔵がおっつけ帳場に顔を出すと判っていたようである。

こうなると、なんだか腹の中を見透《みす》かされたようで、亀蔵にしてみれば面白《おもしろ》くない。

「いや、俺《おり》ャ、ちょいとそこまで用があったもんだからよ……」

「親分、そんな見え透《す》いたことを！　百世が茶屋で足手纏《あしでまと》いになっているのじゃないかと思い、確かめにおいでになったんでやしょ？　まっ、そんなところに突っ立ってねえで、どうぞお坐《すわ》り下せえ」

留帳《とめちょう》を捲《めく》っていた大番頭の達吉《たつきち》が、心ありげに長火鉢《ながひばち》の傍に寄れと促《うなが》す。

「まっ、確かにそれもあるが、いや、うさァねえ（嘘はない）！　この近くに用があってよ。ほれ、明日は河童祭《かつぱまつり》（牛頭天王祭《ごずてんのうさい》）だろ？　貴布禰《きふね》神社の宮司《ぐうじ》と打ち合わせがあってよ……。俺の出る幕じゃねえのは解《わか》っているが、今年も恙《つつが》なく十三日間の祭が終《お》えられるようにと思ってよ……」

亀蔵はしどろもどろに答えながら、長火鉢の傍でどかりと胡座《あぐら》をかいた。

が、胸の内では、言い繕《つくろ》おうとする自分にうんざりし、糞忌々《くそいまいま》しくて堪《たま》らない。

「ほう、親分が宮司と打ち合わせを……」

ほれ、達吉が痛いところを突いてくるではないか……。

確かに、牛頭天王祭の十三日間は南北両本宿《ほんじゆく》に監視の目を光らせていなくてはならないが、だからといって、岡っ引きが宮司と打ち合わせをすることはない。

亀蔵は挙措《きよそ》を失い、再び、言い繕った。

「ほれ、去年は神輿《みこし》の海中渡御《かいちゆうとぎよ》の最中《さなか》に、見物客が怪我《けが》をしたじゃねえか。今年はそういうことがあってはならねえと思ってよ……」

「けど、あれは神社の責任でも親分のせいでもなく、氏子中《うじこちゆう》の問題でやすからね」

達吉が訝《いぶか》しそうな顔をする。

「だからよ、勿論《もちろん》、氏子も交えての打ち合わせなんだよ」

なんと、言い逃《のが》れをしようとすると、ますますややこしくなるではないか……。

亀蔵は掌《てのひら》にじっとりと脂汗《あぶらあせ》をかいていた。

「大番頭さん、お止《よ》しなさい。さっ、親分、お茶が入りましたことよ」

おりきが機転を利《き》かせ、割って入る。

「おお、済まねえ。喉《のど》がからついていたのよ」

亀蔵はやれと息を吐《つ》き、湯呑《ゆのみ》に手を出した。

おりきがふわりとした笑《え》みを寄越《よこ》す。

「親分に百世を紹介してもらって助かりましたわ。甚助の話では、他の女衆《おなごし》ともすぐに打ち解《と》けたとか……。仕事の覚えも早いし、気扱《きあつかい》のある接客ぶりにおよねが感心しているといいますからね」

亀蔵が小鼻をぷくりと膨《ふく》らませる。

これは亀蔵が満足なときに見せる表情で、どうやら、亀蔵はこの言葉を待っていたとみえる。

「そうけえ……。やれ、これで俺も安堵したぜ。俺ャよ、紹介したのはいいが、百世はお武家の出で、しかも、客商売《きやくしようべえ》は初めてのことなんで、甘《うま》く周囲《まわり》に溶《と》け込めるだろうかと案じていたのよ。けど、さっき茶屋番頭から聞いてきたんだが、百世は覚えが早《はえ》ェと……。頭がいいとも言ってたっけ……。今日でまだ四日目だぜ？　常なら、お品書を憶《おぼ》えるだけでも一廻《ひとまわ》り（一週間）はかかり、恙なく仕事が熟《こな》せるようになるまで一月《ひとつき》はかかるというのによ……。それによ、他の女衆に甘《うめ》ェこと溶け込めるだろうかと気が気ではなかったことまでが、別に問題はねえというんだから、これで、俺も安心して明日からの河童祭に臨《のぞ》めるっていうもんでェ！」

亀蔵は照れ臭そうに、へへっと鼻の下を擦《こす》った。

「ほら、やっぱり！　親分は百世のことが気になって仕方がなかったくせしてよ……。甚助が零《こぼ》してやしたぜ。百世が気になるのは解るが、ああ毎日様子を見に来られたのでは、客のほうが何事かと思い退《ひ》いちまうって……。甚助が零したくなるのも解るってもんだ。誰だってひと目で、親分が岡っ引きってことが判るからよ。客にしてみれば、岡っ引きに監視されてたんじゃ、おちおち飲み食い出来ねえからよ」

「ちょ、ちょい待った！　俺ャ、別にそんなつもりじゃ……」

亀蔵が狼狽《うろた》える。

その刹那《せつな》、毎日覗きに来なくてよいと言った、甚助の言葉を思い出したのであるが、達吉は続けた。

「親分は百世の様子を見ているつもりでも、客は自分たちが何か悪《わり》イことをしたから見張られているのだろうかと心細くなっちまうんだよ。人ってもんは、てめえに後《うし》ろめてェことがねえと判っていても、十手《じって》を見ると、つい緊張しちまうもんでよ……。こちとら、客商売《きやくしようべえ》でやすからね。一日か二日というのならまだしも、この四日、ずっとこの調子なんだから、甚助が繰言《くりごと》を募《つの》りたくなるのも解るってもんで……」

「達吉、もうそのくらいで……。いえね、わたくしたちにも親分の気持が手に取るように解るのですよ。けれども、あの女《ひと》は親分が心配なさらなくても大丈夫です。ですから、もう少し信頼して、矩《のり》を置いて見守ってあげましょうよ。無論《むろん》、何か問題が起きれば、親分には包み隠さず話しますので……。ねっ、そうして下さいませんか？」

おりきが亀蔵の目を瞠《みつ》め、包み込むように微笑《ほほえ》む。

「ああ、解ったよ。おりきさんにまでそう言われたんじゃよ……。それに、どのみち、明日の宮出《みやだ》しと同時に、こちとら目が回るほどの忙しさとなるんだ。百世なんぞにかまけていられねえからよ！」

「茶屋も今以上に怱忙を極めることでしょう。達吉、今年も旅籠の女衆の中から何人かが茶屋の助《すけ》っ人《と》に廻るのでしょうね？」

「ええ。今年はおみのとおきちが……」

「おきちが？」

おりきが驚いたといった顔をする。

「ええ。おきちのほうからやらせてくれと申し出たとか……。あっしはてっきり女将《おかみ》さんがそうしろと言われたものだと思ってやしたが、えっ、違うんで？」

「いいえ、初耳です。けれども、茶屋の仕事がどんなものなのか、おきちが味わっておくことはよいことです。いずれ、あの娘《こ》が三代目女将を継《つ》ぐとなれば、旅籠だけでなく茶屋もあるのですからね。傍《はた》で見ているだけでは、茶屋の仕事がどんなものなのか、茶屋衆《ちややし》が何を考えているのか解りません。おきちが率先《そつせん》して茶立女を助《す》けようと思ったということはよいことです。これは褒《ほ》めてやらなければなりませんね」

おりきは満足そうに頰《ほお》を弛《ゆる》めた。

女将修業のために、おきちが女中頭《じよちゆうがしら》のおうめの下《もと》について一年が経《た》つ。

この一年の間に、おきちも随分《ずいぶん》と成長したものである。

旅籠の女中に比べて、茶立女の仕事は過酷《かこく》なうえに、客質《きやくしつ》も違う。

手がつけられないほどのどろけん（泥酔）もいれば、中には、水茶屋と勘違《かんちが》いをして茶立女にちょっかいを出す客もいる。

それらを上手《うま》くいなし、何食わぬ顔をして働かなければならないのであるから、正《まさ》な話、おきちには味わわせたくはなかった。

が、先々女将になる身とあっては、何事も知っておかなければならないし、避《さ》けて通れないことなのである。

それを、おきちが自《みずか》ら買って出てくれたとは……。

おりきの胸が熱いもので一杯となった。

「ちょい待て！　今、明日からはもっと茶屋が忙しくなるといったよな？　今でも忙しくて汲々《きゆうきゆう》しているというのに、百世はそんな忙しさを味わうのは初めてなんだぜ？　大丈夫《でえじようぶ》だろうか……」

亀蔵が不安そうに眉根《まゆね》を寄せる。

おりきと達吉は呆《あき》れ返ったように顔を見合わせた。

「親分！」

「親莫迦《おやばか》でも爺莫迦《じじばか》でもなくて、こういうのをどう言ったらいいんでェ……。まったく、手がつけられねえんだからよ！」

達吉にひょっくら返され、亀蔵はえへっと亀のように首を竦めてみせた。

その頃、旅籠の板場では、早くも今宵《こよい》の夕餉膳《ゆうげぜん》の仕込みが始まっていた。

まだ四ツ半（午前十一時）を廻ったばかりだが、出汁《だし》を取ったり野菜の皮を剝《む》いたり、乾物《かんぶつ》を水で戻したり、胡麻豆腐《ごまどうふ》や葛寄《くずよ》せといった冷やして固めるものなどを仕込んでおくのである。

雲子《くもこ》（鱈《たら》の白子）豆腐の下処理を終えた板頭の巳之吉《みのきち》が、板脇《いたわき》の市造《いちぞう》に声をかける。

「市造、こいつを裏漉《うらご》ししておいてくんな」

「へっ、今宵は胡麻豆腐風にするんでやしたね？　板頭、鯛《たい》の子の旨煮《うまに》はこれでようがすか？」

市造が旨煮の入った片手鍋《かたてなべ》をちらと翳《かざ》してみせる。

煮汁《にじる》を見た巳之吉の表情がさっと変わった。

どう見ても、いつもより醬油《しょうゆ》が勝っているように思えたのである。

巳之吉が小皿に煮汁を取り分けると、口に含み顔を顰《しか》める。

「なんでェ、これは！」

「…………」

市造はとほんとした顔をした。

「おめえも味を利いてみな！」

巳之吉に言われ、市造も小皿に煮汁を取り分け、口に運ぶ。

「どうでェ、味が濃《こ》いと思わねえか？　濃いというより、これは塩辛《しおかれ》ェ……」

市造は訝しそうに首を傾《かし》げた。

「俺ャ、これでも味が薄《うす》いかと……。けど、これ以上醤油を入れたら見た目が悪くなると思い、それでほんの少し塩を足《た》しやしたんで……」

「ほんの少しだって？　これがほんの少しの味かよ！　いいから、作り直すんだ。こんなものが客に出せるかよ！」

「捨てちまうってことで？」

「捨てるのが勿体《もって》ェねえと思うのなら、おめえが食うか、もう一遍煮直《になお》して男衆《おとこし》に食わすといいが、どうあれ、客には出せねえ。作り直すんだな！」

巳之吉はそう言うと、はっと小芋《こいも》の含め煮の入った小鍋《こなべ》に目をやった。

見た目はいつもの小芋と変わらない。

が、巳之吉は躊躇《ためら》うことなく煮汁を小皿に取ると、味見した。

「なんでェ、これは……。市、おめえの舌はどうかしちまったんじゃねえか？　味見してみな。これじゃ使えねえ……」

市造が怖《お》ず怖ずと小芋の煮汁を口に含む。

が、どうやら味がよく判らないとみえ、薄すぎやすか？　と目をまじくじ、させる。

巳之吉はあっと息を呑《の》んだ。

「おめえ、この味が判らねえのか？」

「……………」

板場衆《いたばし》の目が一斉《いっせい》に市造へと注《そそ》がれる。

巳之吉はじろりと皆を見廻すと、

「どうしてェ、手が休んでるじゃねえか！　見世物《みせもの》じゃねえんだ。さっさと仕事を続けな」

と鳴り立てた。

「市造、庭に出な、話がある……」

巳之吉は市造に目弾《めはじき》をすると水口《みずぐち》から裏庭へと出た。

「いつから味が判らなくなった？」

巳之吉は今を盛りと咲き誇る萼紫陽花《がくあじさい》の傍に寄ると、市造を睨《ね》めつけた。

「少し前《めえ》からで……。何を口にしても味が薄いような気がして……。けど、醤油や塩の加減《かげん》は身体《からだ》が覚えているもんだから、薄いのじゃなかろうかと思いながらも、これまで通りに味つけてやした。けど、二、三日前《めえ》、客が魚の煮付《につけ》を食い残しやしてね……。これまで、うちの料理を客が食い残すなんてことがなかったもんだから、それで、やっぱり味が薄すぎたんじゃなかろうか、と更《さら》に塩を濃くしやしたところ、それでもまだ客が残す……。それで、まだ足りねえんだと思って……」

市造が鼠鳴《ねずみな》きするような声で呟《つぶや》く。

実は、巳之吉もこのところ客が食い残しをすることを気にしていたのである。

今さらながら、何故《なぜ》そのとき、捨てる前に客が残した料理の味を確かめなかったのか悔《く》やまれてならない。

板脇としての市造を、すっかり信頼しきっていたのである。

と言うのも、市造は巳之吉が立場茶屋おりきの板頭となったときから、煮方《にかた》を一手に引き受けてくれているのだった。

板前の仕事は追廻《おいまわし》に始まり、油方《あぶらかた》、焼方《やきかた》、煮方、花板《はないた》へと進んでいくが、中でも煮方は出汁を取って煮炊《にた》きする意味で、謂《い》わば、その見世《みせ》の味の要《かなめ》、大黒柱といってもよいだろう。

食材によって味の加減をし、食材そのものが持つ味をより前面に引き出してやらなければならず、何を食べても同じ味というのでは、よい料理人とはいえない。

市造は巳之吉の傍で共に研鑽《けんさん》を積み、今や、巳之吉の片腕……。

いってみれば、女房のような存在であった。

そのため、この頃うち、市造の作ったものをいちいち確かめることもなく、すっかり信頼しきっていたのである。

「市造、舌を出してみな？」

巳之吉がそう言うと、いきなりのことで、市造は気後《きおく》れしたように後退《あとじさ》った。

「いいから、ほら、早く！」

市造がおっかなびっくり舌を出す。

市造の舌は白っぽく、気のせいか、舌の表面がぬめっとしているように見えた。

が、医者でもない巳之吉には、それ以上のことは判らない。

「どこか、いつもと変わったところはねえのかよ」

「と言うと？」

「身体が怠《だる》いとか、どこか痛むとか……」

「そう言えば、身体が重いような……。それに、やたら喉が渇《かわ》くし、足腰に力が入《へえ》らねえような……。しかも、何を食っても美味《うめ》ェと思わねえ。けど、それでもいっぱしに腹がひだるくなるもんだから、なんであれ腹に詰め込んでやしたんで……」

「何故、それを早く言わないんだ！　おめえ、それは立派な病《やまい》だぜ？」

「病って……」

「俺ャ、医者じゃねえからなんの病か判らねえ……。が、一刻も早く医者に診《み》てもらうんだ。俺から女将さんに頼んでやるからよ。いいな？　ああ、それから、今日から暫《しばら》く煮方長は連次《れんじ》にやらせるからよ」

えっと、市造が色を失う。

「心配《しんぺえ》すんな。暫くの間だけだからよ。おめえの味覚が元に戻ったら、またすぐに煮方長に直すし、おめえが板脇ということに変わりはねえんだからよ。さっ、女将さんのところに行こうか！」

巳之吉が市造の目を瞠める。

「巳之さん、済まねえ……。こんなことになっちまって、どう謝ってよいのか……」

「謝ることなんてあるもんか。俺のほうこそ済まなかったな。もう少し早く気づいてやればよかったのに、気がつかなくてよ……。言われてみれば、おめえ、此《こ》の中《じゅう》、痩《や》せたもんな。けど、おめえもおめえよ。辛《つら》かったのなら、なんで俺に耳打ちしてくれなかったのよ……」

「心配かけちゃ悪《わり》ィと思って……」

「それがてんごうってもんよ！」

二人はそんな会話をしながら、帳場へと歩いて行った。

「女将さん、巳之吉でやす。宜《よろ》しいでしょうか？」

巳之吉の声に、おりきは思わず達吉の顔を見た。

夕餉膳の打ち合わせにしては、随分と早いと思ったのである。

「構いません。お入りなさい」

おりきがそう言うと、板場側の障子《しょうじ》がするりと開き、巳之吉が背後を窺《うかが》う。

「市造も一緒でやすが、ちょいとご相談が……」

「いいから、お入り」

巳之吉と市造が帳場に入って来る。

「夕餉膳のことではなく、ちょいと市造のことでお話しがありやして……」

「そうですか。では、お茶を淹《い》れましょうね」

「じゃ、あっしは席を外《はず》しやしょうか？」

達吉がおりきを窺うと、巳之吉がそれを制した。

「いえ、大番頭さんも聞いて下せえ」

巳之吉は市造の味覚が減退《げんたい》してしまったことや、この二、三日、客が煮物や椀物《わんもの》を食べ残すようになったことなどを説明した。

「それで、あっしが考えるに、これは市造が何かの病に冒《おか》されているのじゃなかろうかと……。一度、素庵《そあん》さまに診てもらうわけにはいきやせんでしょうか」

巳之吉がおりきを縋《すが》るような目で見る。

「解りました。今の話からすると、市造は確かに病に冒されているようです。巳之吉、よく気づいてくれましたね。では、早速《さっそく》、市造を連れて素庵さまを訪ねてみましょう」

「いえ、もっと早く気づいてやればよかったのです。市造が言い出しづらかったのだと思うと、悔やまれてなりやせん」

「巳之吉はそう言うがよ。熱があるとか腹を下《くだ》したというのならともかく、市造の味覚があるかどうかは本人が言ってくれねえことには、傍《はた》の者には判らねえからよ。市造も何故もっと早く打ち明けねえんだ！　おめえの舌はおめえだけのもんじゃねえんだぜ。この立場茶屋おりきの信用に関《かか》わるってことを忘れてもらっちゃ困るぜ」

達吉が苦虫《にがむし》を嚙み潰《つぶ》したような顔をする。

「あい済みやせん……」

「駄目ですよ、大番頭さんは！　今そんなことを言っても仕方がないではありませんかか。それより、市造のことが心配です。何か悪い病でなければよいのですがね」

おりきの顔がつと曇《くも》る。

が、ハッと顔を上げると、

「では、参りましょうか」

と市造を促した。

「えっ、今すぐにでやすか？」

「早いに超《こ》したことはありません。大番頭さん、あとは頼みましたよ」

「じゃ、女将さん、あっしは板場がありやすんで……。市造のことをくれぐれも宜しく頼みやす」

巳之吉は改まったように深々と頭を下げた。

内藤《ないとう》素庵は市造に舌を出させ、いつ頃から味覚がなくなったのか、身体に倦怠《けんたい》を覚えるかどうか、喉が渇いたり排尿《はいにょう》の回数が増えたと思うか、と問診《もんしん》を重ねた。

「すると、何を食べても味が薄いと感じるのだな？　甘い物を苦《にが》いと感じたり、嫌《いや》な味がするといったことはないのだな？」

素庵が市造の表情を見逃《みのが》すまいと、目を据《す》える。

「甘《あめ》ェ物を苦《にげ》ェと感じることはありやせんが、嫌な味がすることはありやす。けど、大概《てえげえ》は味が薄いような気がして……。それに、喉がやたらと渇いて、板場にいる間、何遍《なんべん》水を飲むか……」

「診たところ、貧血の症状はないし、浮腫《むくみ》もない。どうだ、夜はよく眠れるかな？何か悩み事を抱《かか》えているということはないのだな？」

市造には素庵の言っている意味が理解できないとみえ、とほんとしている。

「通常、味覚障害が起きるのは、舌そのものに異変のあるとき、溶血性貧血《ようけつせいひんけつ》、尿崩《にょうほう》症《しょう》、肝不全《かんふぜん》、腎《じん》の臓《ぞう》の病、心因性《しんいんせい》の緊張が考えられるが、おまえの場合、味蕾《みらい》に多少の症状が表れているので、心労《しんろう》が溜《た》まっているのでなければ、今聞いた話から推測するに、尿崩症の可能性が大だ」

「味蕾といいますと？」

おりきが怪訝《けげん》な顔をして素庵を見る。

「味蕾は舌の表面にある、ざらざらとした花の蕾《つぼみ》のようなもので、甘いとか辛い、しょっぱいといった味の違いを覚える感覚器官で、それを味蕾という……。正常な味蕾はざらざらとした感じがはっきりとしているものだが、市造の場合はぬめっとしているのでな……」

「では、味覚障害が起きているのは間違いないのですね？」

おりきが眉根を寄せる。

「味覚障害には、味覚減退《みかくげんたい》、異味症《いみしょう》、悪味症《あくみしょう》とあるが、市造の場合は味覚減退であろう。それで原因なのだが、どうやら心因性ではなさそうなので、尿崩症とみるべきだろう」

「尿崩症……。尿崩症といいますと？」

「血中の亜鉛《あえん》が不足し、尿中に糖が排出されるのだ」

「亜鉛が不足……。では、どうしたらよいのでしょう」

おりきが不安の色も露《あら》わに、素庵を瞠める。

「まあま、そう深刻な顔をせずともよい。今日のところは白虎加人参湯《びゃっこかにんじんとう》を処方しておくが、亜鉛を多く含む牡蠣《かき》、小麦胚芽《こむぎはいが》、麬《ふすま》、全粒粉《ぜんりゅうふん》、蕪《かぶ》の葉、卵、椎茸《しいたけ》、胡麻、海草《かいそう》といったものを多く摂《と》ること……。ああ、鶏肉《とりにく》の皮もよいかもしれぬ。それに適度に身体を動かすことも大切だ。が、尿崩症を甘く見てはならない。病状が進むと網膜症《もうまくしょう》、腎症《じんしょう》を併発《へいはつ》し、重症になると尿崩症性昏睡《せいこんすい》に陥《おちい》ることもあるからよ」

「えっ、昏睡……。そんな状態で板場の仕事を続けてもよいとおっしゃるのですか？」

「なに、それは重症になった場合のことでよ。ああ、仕事を続けても構わないだろう。だが、味覚が戻らないことには、煮方は務まらぬであろうな……。とは言え、板場の仕事は他にいくらでもあるからよ。板頭から追廻に至るまでが一体となり、立場茶屋おりきの料理はそうして生まれるのだからよ」

素庵がすっかり潮垂《しおた》れてしまった市造を、励ますように言う。

「そうですよ、市造。素庵さまがおっしゃるように、決して気を苛《いら》つものではありません。煮方は料理屋の大黒柱ともいえますが、煮方長の座を連次に奪《うば》われたからといって、気を落とすことはありません。味覚が戻れば再び戻ることが出来るのだし、現在《いま》こそ八寸場《はっすんば》で市造の本領《ほんりょう》を発揮するときです。客があっと驚くような八寸や先付《さきづけ》を作るのですよ。いいですね？」

「へい……」

市造が肩を落とす。

「けど、なんで俺がこんな病に……。俺は何も悪ィ《わり》ことをしていねえというのに……」

市造が悔《くや》しそうに唇を噛む。

「考え違いをするんじゃない。おまえが何かをしたから病に罹《かか》ったというわけではなく、遺伝的な素因《そいん》が大きいのだからよ。市造の双親《ふたおや》のどちらかが、この病を患《わずら》ったということはないのか？」

素庵が市造に目を据える。

いや……、と市造は自信なさそうに首を振った。

「父親《てておや》は俺が物心つくやつかない頃に亡くなり、母親も俺が奉公に出る頃にはもうこの世にいやせんでしたから……」

「そうか。では判らないということなのだな……。だが、そう案じることもなかろう。さっき言った食餌療法《しょくじりょうほう》を徹底し、わたしが処方する薬を服用していれば、完璧《かんぺき》には治《なお》らないまでも、これ以上症状が進むことはないだろうからよ。取り敢《あ》えず、白虎加人参湯を処方しておくが、場合によっては麦門冬湯《ばくもんとうとう》、五苓散《ごれいさん》なども試《ため》してみるかもしれぬ。いずれにせよ、現在《いま》の段階で病を見つけ出せてよかった。もっと症状が進んでからでは、恢復《かいふく》は望めないかもしれぬのでな……」

「有難《ありがと》うございます。では、市造の賄《まかな》いには重々《じゅうじゅう》気をつけてやることに致しましょう。それで、次はいつ連れて来れば宜しいので？」

おりきがそう言うと、素庵は呆れ返ったような顔をした。

「女将、おまえさんが心配するのは解るが、市造は三十路《みそじ》を過ぎた立派な大人……。それとも何かな？　市造は付き添《そ》いがなければ来られないと？」

「いえ、滅相《めっそう》もねえ……」

市造が慌てて手を振る。

「そういうことだ。まっ、今日は市造がなんの病に罹っているのか判らなかったのだから女将が付き添って来たのは仕方がないとしても、次回からは市造一人で来るように……。薬を一廻り（一週間）分処方しておくので、なくなったときに診察かたがた来るとよい」

「では、薬料《やくりよう》はその都度《つど》持たせますので……」

「なに、月末《つきずえ》に纏《まと》めて払ってくれればいいからよ。おっ、そう言えば、彦蕎麦《ひこそば》のおたえの容態《ようだい》はその後どうだ？」

えっと、思わずおりきは耳を疑った。

おたえさんが一体どうしたというのであろうか……。

「なに？　その様子では、おたえが風邪《かぜ》を拗《こじ》らせ、もう三月《みつき》も寝たきりというのを知らないのだな？」

おきわの母おたえが病臥《びようが》しているとは、初耳だった。

「いえ、わたくしは何も聞いていませんけど……」

ほう……、と素庵は首を傾げた。

「聞いていないと？　おきわもまた、何ゆえ、女将に言わないのだろう……。おまえさん、日に一度は彦蕎麦に顔を出しているのだろう？」

「確かに、以前はそうでしたが、ここ一年ほどは彦蕎麦のことはおきわにすべてを委《ゆだ》ね、わたくしは相談を受けたときだけ口を挟《はさ》むようにしていましたので……。けれども、おたえさんが病に臥《ふ》していることを知らせないなんて水臭《みずくさ》い……。それで、どうなのでしょう」

「おたえの容態か？　それが、あまりよいとは言えぬのでな……。心《しん》の臓が随分と弱っていてよ。しかも高熱が続き、肺炎を併発してしまったものだから、すっかり体力を消耗《しょうもう》してしまってよ。つい先日も、往診に行った際、このままではいつ何が起きてもおかしくないので、うちの診療所で預かろうと言ったのだが、肝心《かんじん》のおたえが首を縦《たて》に振ろうとしないのよ。おきわもほとほと弱りきっていてよ。わたしはてっきりおまえさんも知っているものと思っていたのだが……」

素庵が蕗味噌《ふきみそ》を嘗《な》めたような顔をする。

「解りました。午後からでも、早速、彦蕎麦を訪ねてみます。わたくしからおたえさんを説得してみましょう。おきわも恐らく困《こう》じ果てているのだと思います。四六時中《しろくじちゅう》おたえさんの傍についていてやりたくても、見世のことがあれば、そうはいきませんものね。けれども、嫌がるものを無理矢理こちらにお預けしたのでは、おたえさんに厄介払《やっかいばら》いをしたと思われるのではなかろうかと、おきわの胸はそんなふうに千々《ちぢ》に乱れているに違いありません。やはり、ここは他人のわたくしが差出《さしで》をするよりほかありませんわ。母娘《おやこ》の関係って、易《やさ》しそうにみえてこれがなかなか難《むずか》しいものでしてね。ああ……、おたえさんのことが聞けただけでも、今日わたくしがここに来た甲斐《かい》がありましたわ。教えて下さり有難うございました」

おりきは深々と頭を下げた。

「いや、わたしも助かったよ。わたしのほうからわざわざ知らせに行くわけにはいかず、どうしたものかと逡巡《しゅんじゅん》していたのだが、おまえさんのほうから来てくれたのだからよ。うちはおたえがいつ来てもよいように病室を空《あ》けて待っているからよ。話がついたら一報《いっぽう》をくれ」

「畏《かしこ》まりました。では、市造、お暇《いとま》しようではありませんか。素庵さま、市造のこと、おたえさんのこと、どうか宜しくお頼み申します」

そうして、おりきは門前町《もんぜんちょう》へと引き返したのだった。

おりきが市造を伴い旅籠に戻ると、気配を察し巳之吉が帳場の様子を確かめに来た。

「どうでやした？　市造はなんの病で……」

巳之吉の真剣な眼差《まなざ》しに、おりきがふっと頬を弛める。

巳之吉がここまで市造のことを案じてくれたとは……。

そう思うと、胸が熱くなったのである。

「尿崩症だそうです」

「尿崩症とは……」

巳之吉ばかりか達吉までが、目をまじくじさせる。

おりきは素庵から聞いてきたことを二人に話した。

「するてェと、食餌療法と薬で治るんでやすね？」

巳之吉が不安と安堵の入り交じった顔をして訊《たず》ねる。

「この病は完璧に治すことは難しいようです。けれども、症状の改善は望めるようですし、通常の暮らしも出来るそうです。早速、榛名《はるな》さんに今日から市造の賄いを特別に作るようにと言っておきましょう」

「あっし一人のために、それじゃ榛名さんに申し訳ねえ……。あっしの分はてめえで作りやすんで……」

市造が気を兼ねたように呟く。

「何言ってやがる！　料理なんてものはよ、他人《ひと》に悦《よろこ》んでもらおうと思うから作れるもんでよ。てめえのためにはなかなか作れるもんじゃねえ……。しかも、普通の賄いというのならまだしも、病人食だぜ。つい面倒《めんどう》になり、手抜きをしようと思うかもしれねえだろ？　それより、榛名さんに頭を下げて作ってもらえばいいんだよ。だがよ、牡蠣や卵、胡麻はいいとしても、他はどっとしねえな……。一体《いってえ》どう調理したらいいのか、思いもつかねえや……」

巳之吉が首を捻《ひね》る。

巳之吉がそう言うのも道理で、日頃、会席膳《かいせきぜん》のために工夫《くふう》を凝《こ》らし、お品書に頭を捻る巳之吉には、人が捨ててしまいそうな食材をどう料理に活《い》かせばよいのか判らないのであろう。

「まっ、あんまし美味《うま》くはねえってことだけは確かだな。が、病を治すためだ、辛抱《しんぼう》することった！」

達吉が仕こなし顔に言う。

「それで、市造が煮方を抜けた後のことなのですが、板場のほうは甘《うま》く廻せますか？」

おりきが巳之吉を瞠める。

「そのことなんでやすが、連次を煮方長に直そうかと思っていやす。奴も立場茶屋おりきに来て九年……。そろそろ責任を持たせてもよい頃かと思いやすんでね。市造にはこれまで通り八寸場や油場に目を光らせてもらわなくてはならないし、市造が板脇だということに変わりはありやせん。いいな、市造、飽《あ》くまでもこれはおめえが味覚を取り戻すまでの処置で、治ればまた煮方に戻ってもらわなくちゃ困るんだからよ」

「…………」

市造は俯《うつむ》いたままである。

「どうしました、市造。それでいいのですよね？」

おりきが市造の顔を覗き込む。

「へい。解りやした……」

「では、下がっていいですよ。そうだわ、巳之吉、現在《いま》、榛名さんはどうしています？　板場にいましたか？」

「さっきあすなろ園に中食《ちゅうじき》を運んで行ったみてェなんで、そろそろ旅籠衆の賄いに入《へえ》る頃かと……。あっ、呼んで来やしょうか？」

「ええ、そうして下さい」

巳之吉と市造が板場に下がって行く。

「市造の奴、煮方を外されたことが不服なんでしょうかね？」

達吉がおりきの顔を窺う。

「不服というより、皆に迷惑をかけることに堪《た》えられないのでしょう。その気持は解らなくもありませんが、仕方のないことですものね。とにかく、一日も早く病を治すことです。それはそうと、大番頭さんは彦蕎麦のおたえさんが病に臥していることを知っていましたか？」

達吉は驚いたように、いやっと首を振った。

「やはり、知らなかったのですね」

「おたえさんが病とは、それはまた……」

「実は、素庵さまから聞いてわたくしも初めて知ったのですが……」

おりきが素庵から聞いたことを話そうとした、そのときだった。

「お呼びでしょうか」

板場側の障子の外から、榛名が声をかけてきた。

おりきは達吉に目まじすると、お入り、と声をかけた。

榛名が臆《おく》したように、小腰《こごし》を屈《かが》めて入って来る。

これまで帳場に呼び出されたことのなかった榛名は、何を言われるのかと疑心暗鬼《ぎしんあんき》のようである。

「さあ、どうぞ。嫌ですよ、榛名さん、そんなに硬くならないで下さいな。とは言え、急に呼びつけたのですもの、何を言われるのかと不安に思うのは当然ですよね。いえね、実は市造の賄いのことで相談がありましてね」

そう言うと、榛名はほっと眉《まゆ》を開き、おりきを瞠めた。

「市造さんの賄いのこととは……」

「たった今、素庵さまのところから戻って来たばかりなのですが、実は、市造が尿崩症に罹りましてね。いえ、さほど案じることはないのですよ。薬の服用と食餌療法で恢復するそうですのでね。それで榛名さんに相談というか、お願いがあるのですが、市造の賄いだけ別に作ってもらうわけにはいかないでしょうか？　大変なのは解っていますものね。現在《いま》でも、あすなろ園の子供たちの食事と旅籠衆の賄いを作り分けているのですものね。そのうえ病人食が加わるとなったら、負担《ふたん》がかかるのは当然です。けれども、市造のためにこれはどうしても必要なことなのです。お願いできるかしら？」

おりきに瞠められ、榛名が戸惑《とまど》ったように視線を泳がせる。

「えっ、どうしました？」

「いいえ、驚いたのです。市造さんがまさかそのような病に冒されていたとは知りませんでしたし、あたしが女将さんからそこまで信頼されているとも知りませんでしたので……。ええ、勿論、やらせていただきます」

「榛名さんよ、そんな安請《やすう》け合いをして大丈夫《でえじょうぶ》かえ？　結構、面倒な仕事だぜ。なんせ、亜鉛を多く含んだ食い物を食わなくちゃならねえというからよ。牡蠣や卵、椎茸といったものはいいが、小麦全粒粉だの蕪の葉だの、鶏の皮というんだからよ……」

達吉が顔を顰めてみせる。

榛名はふっと頬を弛めた。

「あたしの父親《てておや》も尿崩症を患っていましてね。母はあたしたち家族が食べる食事はお端女《はした》に作らせても、父の食事だけは自分で作っていました。ですから、大体どんな感じなのか解るんですよ。主食を玄米《げんまい》として、青菜の胡麻和《あ》えや根菜《こんさい》や茸《きのこ》が沢山入った具沢山汁《ぐだくさんじる》、若布《わかめ》と豆腐の味噌汁《みそしる》、鹿尾菜《ひじき》、油揚《あぶらあげ》、鶏肉の煮物といったものを作ればいいのですもの……。それに、鶏皮《とりかわ》を湯がいて細《こま》かく刻《きざ》み、二杯酢《にはいず》をかけてたべると美《お》味《い》しいんですよ。あたしも母親に代わって時折作っていましたが、病人食と思うから煩《わずら》わしく感じるけど、通常食とさして変わらないんですよ」

提灯屋《ちょうちんや》の娘として生まれた榛名は、手代の航造《こうぞう》に唆《そそのか》されて駆け落ちをしたが、終《つい》ぞ父親《ておや》に許してもらうことが叶《かな》わず、しかも、胸を病《や》んだ航造には長患《ながわずら》いの末一年ほど前に亡くなられている。

すると、榛名は労咳《ろうがい》を病んだ亭主ばかりか、尿崩症を患った父親《ておや》の世話までしたことになる。

「おう、そうけえ……。が、考えてみると、よくよく、おめえは病人の世話をする宿命《さだめ》とみえるな。では、おめえに委《まか》せておけば大丈夫《でえじょうぶ》だ。ようござんしたね、女将さん」

達吉が安堵したようにおりきを見る。

「本当に助かりましたわ。では、頼みますね」

「はい。では早速、今日から市造さんには玄米や全粒粉を食べてもらいましょう」

「ところでよ、玄米は解るんだが、全粒粉を一体《いってえ》どうやって食わせるつもりかよ……」

達吉が訝しそうな顔をする。

「胚芽や麬が入っているというだけなのですもの、通常の小麦粉と同じ要領で使えばいいのですよ。たとえば、水団《すいとん》……。今日の中食に玄米を炊いていたのでは間に合わないので、全粒粉で水団を作ろうと思っていますの」

榛名がそう言うと、おりきが小娘のように目を輝かせた。

「まあ、それは美味しそうですこと……。野菜をたっぷりと入れればいいのですものね。わたくしも中食に頂《いただ》きたいほどですわ！」

「そう言ャ、俺も餓鬼《がき》の頃によく食ったっけ……。水呑百姓《みずのみびゃくしょう》には米を作ったところで滅多《めった》に口に入《へえ》ることがねえ……。大概《てえげえ》は雑穀《ざっこく》と野菜で作った糅飯《かてめし》か水団だったもんな。けど、それも、こうして飲食に携《たずさ》わる身となってからは、とんとご無沙汰《ぶさた》でよ……。いやァ、女将さんじゃねえが、俺も久方ぶりに水団を食いたくなっちまったぜ！」

達吉が尻馬《しりうま》に乗ってくる。

「では、今日の中食は水団にしましょうか？　ああ、でも、それでは他の店衆《たなし》から苦情が出るかも……」

「なに、構うもんか！　水団はお菜《さい》と考えればいいのだからよ」

「では、鶏肉を入れましょう。鶏肉と野菜たっぷりの具沢山汁なら、文句が出ないでしょうからね」

榛名は委せておけとばかりに、満面《まんめん》に笑みを湛《たた》えた。

「それで、おたえさんのことなんでやすが、おたえさんが病とは……」

帳場を去る榛名の背を見送り、達吉が怖ず怖ずと訊《き》いてくる。

おりきは辛そうにふうと肩息《かたいき》を吐いた。

「そのことなのですがね。素庵さまの話では、おたえさんは三月《みつき》ほど前に風邪を拗らせ、なんでも肺炎を併発されたとかで、心の臓がすっかり弱ってしまわれたそうですの。素庵さまは現在《いま》は何があってもおかしくはない状態なので、診療所でおたえさんを預かったほうがよいだろうと……。ところが、肝心のおたえさんが頑《がん》としてそれを受けつけようとしないそうですの」

「で、おきわはなんて？」

「素庵さまはおきわがなんと言ったかまではおっしゃいませんでしたが、わたくしが考えるに、おきわは板挟《いたばさ》みになっているのではないかと……。おきわにしてみれば、素庵さまに預けてしまったほうが安心していられるけれども、おたえさんからはどこにもやらないでくれと縋られ、それで、どうしたものかと逡巡しているのではないでしょうか。彦蕎麦を離れたくないというおたえさんを無理に診療所に送り込んだのでは薄情者《はくじょうもの》と思われてしまいますからね。とはいえ、女将として店衆を束《たば》ねていく立場にあれば、そうそう母親の傍についていてやれない……。ですから、ここは他人のわたくしが間に入り、おたえさんを説得する以外にはないと思いましてね」

「けど、おたえさんもなんでそんなに情を張るんだろう？　診療所に預けられたところで、見世が終わればおきわが病室で寝泊まりしてくれるだろうに……。おきわは揚《あげ》方《かた》の与之助《よのすけ》がお真知《まち》に刺されて生死の境《さかい》を彷徨《さまよ》ったとき、夜の目も寝ずに看病し、そればかりか、日中、見世を廻しながらも暇を見て南本宿《みなみほんじゅく》まで駆けつけたんだからよ」

「けれども、此度《こたび》はそういうわけにはいかないでしょう。与之助のときには夜分おたえさんがおいねちゃんの面倒を見ていましたが、おいねちゃんを彦蕎麦に一人で残しておくことは出来ませんからね。かといって、おいねちゃんまで連れて病室で寝泊まりするわけにもいかない……。他人《ひと》を頼らずに何もかもを自分一人で処理しようとするから、無理があるのですよ」

「成程《なるほど》、言われてみれば、そりゃそうだ……。で、女将さんはおたえさんをどう説得なさるおつもりで？」

「………」

おりきは返答に窮《きゅう》した。

正な話、なんと言って説得すればよいのか解らない。

おたえの気持も解れば、おきわの気持も解る。

だからこそ、どう説得すればよいのか解らないのだった。

「案外《あんげえ》、おたえさんには死が間近《まぢか》に迫っていることが解っていて、それで、誰にも看《み》取《と》られずに死にたくねえと思うのかもしれねえな……」

達吉がぽつりと呟く。

おりきの胸がきやりと揺れた。

「達吉、それは……」

「いえね、おきわが彦蕎麦を開くことになり、おたえさんが隣に越してきたばかりの頃でやすがね。あっしがこれでやっと母娘《おやこ》が一緒に暮らせるばかりか、おいねという孫まで出来て良かったじゃねえかと言うと、おたえさんはそれはそれは嬉《うれ》しそうな顔をしやしてね……。で、言うんですよ。あたしの亭主は時化《しけ》の海で藻屑《もくず》と化しちまったが、家族の誰にも看取られることがなかったと思うと不憫《ふびん》で堪《たま》らない、けど、自分はおきわが引き取ってくれたお陰で、愛《いと》しい娘や孫の傍で息を引き取ることが出来るのだもの、どんなに感謝してもし尽くせない……と。もう四年も前《めえ》のことですっかり忘れてやしたが、おたえさんは亭主の無念《むねん》を晴らすためにも、せめて、自分だけでも家族の傍で死んでいきてェと思っているのでは……」

ああ……、とおりきの胸が熱いもので一杯になった。

海とんぼ（漁師）の父親《てておや》に反対されながらも、当時四歳のおいねを抱えた鰥夫《やもめ》の彦《ひこ》次《じ》と所帯を持ったおきわ……。

おきわは彦次が労咳を病み、それもうあまり永《なが》くはないと知っていて、おいねの義母《はは》になろうと決めたのである。

労咳病みの彦次と所帯を持つことに、一人娘の幸せを願う父凡太《ぼんた》が反対したのは当然のことだが、母のおたえだけは、彦次の死後も凡太に隠れておきわとおいねの世話を焼いてくれたのだった。

ところが、無垢《むく》なおいねの愛らしさに絆《ほだ》され、やっと凡太が心を開きかけてくれたその矢先、凡太は難破《なんぱ》した船の乗員を助けようと時化の海に小舟を漕《こ》ぎ出し、帰らぬ男《ひと》となったのである。

その後、おきわはいつの日にか小体《こてい》であっても自分の見世を持ちたいと願った彦次の遺志《いし》を継ぎ、おりきの計《はか》らいにより茶屋の隣に彦蕎麦を出したのであるが、それが契機《きっかけ》となり、おきわとおたえは晴れて母娘《おやこ》同居を果たしたのだった。

おたえには、それがどんなに嬉しいことだったか……。

凡太には済まないと思いながらも、凡太が味わえなかった親子三代の暮らしを骨の髄《ずい》まで味わいたいと思う、その気持もよく解る。

おりきの頬をつっと涙がひと筋伝った。

達吉が驚いたように目を瞬《しばた》く。

「女将さん、一体《いってぇ》……」

おりきは慌てて涙を拭《ぬぐ》った。

「いえね、おたえさんの気持を思うと、つい……」

「…………」

達吉にはなんと言葉をかけてよいのか判らない。

「取り敢えず、彦蕎麦が書き入れ時を終えた頃合いを見て、見舞いかたがた訪ねてみることにします。おたえさんをどうするかはそれからのことです。おきわの気持も聞きたいと思いますので、やはり、彦蕎麦を訪ねるのは中食を終えてからということにしましょう」

「さいですね」

そうして、榛名特製の水団で中食を終えたときである。

達吉は久々に食べた水団の味に大満悦《だいまんえつ》の様子で、水団談義に花を咲かせていた。

「やっぱ、榛名の作った水団はひと味違うぜ！　鶏肉が入《へえ》っているもんだから味に深みがあり、しかも、大根《だいこん》、人参、椎茸、牛蒡《ごぼう》、油揚、三つ葉と入《へえ》っていて、俺が餓鬼の頃に食った水団とは雲泥《うんでい》の差……。それに、全粒粉の団子《だんご》がまたなんともいえねえ！　寧《むし》ろ、小麦粉で作った団子より美味《うめ》ェくれェだ。ねっ、女将さんもそう思いやせんか？」

「本当に……。懐《なつ》かしい味というより、新しい味に出逢《であ》ったような気がします。それにしても、大番頭さんたら、いくら美味しいからといって、三杯もお代わりをするとは……」

おりきに言われ、達吉が照れ臭そうにへへっと首を竦めた、そのときだった。

板場の水口がやけに騒がしくなった。

帳場からは聞き取れないが、誰かが甲張《かんば》った声で鳴り立てているようである。

「何事でしょう……」

おりきが伸び上がるようにして、板場側の障子を窺う。

「見て参りやしょう」

達吉が立ち上がり、板場へと出て行く。

「彦蕎麦のご隠居が……。女将さんの話じゃ、もう息がねえって！」

障子が開いたせいか、今度ははっきりと声が聞き取れた。

さっと、おりきの顔から色が失《う》せた。

おりきも慌てて水口へと向かう。

「あっ、女将さん。すぐに彦蕎麦まで来て下せえ！」

彦蕎麦の追廻枡吉《ますきち》が、おりきの顔を見ると興奮したように鳴り立てた。

「おたえさんの息がないとは、どういうことなのですか！」

「それが判らねえんだ。あっしにゃなんにも……。ただ、ご隠居に中食を運んで行った女将さんが血相《けっそう》を変えて二階から下りて来ると、おっかさんの息がねえ、早く、素庵さまと立場茶屋おりきの女将さんを呼んで来てくれって……。うちの女将さん、取り乱しちまって、手がつけられねえ状態でよ。とにかく、早《はえ》ェこと来て下せえ！」

おりきは達吉にさっと目まじした。

「達吉……。」

「行きやしょう！」

板場衆《いたばし》の目が一斉におりきと達吉に注がれた。

「女将さん、あっしも行きやしょうか？」

巳之吉が問いかけてくる。

「いえ、おまえたちは旅籠をしっかり護《まも》っておくれ。おうめ、わたくしと大番頭さんが留守の間、潤三《じゅんぞう》に言って、帳場を仕切らせて下さいな……。あとのことは頼みましたよ」

おりきは女中頭のおうめにあとを頼むと、達吉を連れ彦蕎麦へと駆けつけた。


おきわはすっかり取り乱し、手がつけられない状態だった。

「女将さん……。おっかさんが……、おっかさんが……」

おきわはおりきを見ると両手で顔を覆《おお》い、身体を顫《ふる》わせ続けた。

「おきわ、取り乱すものではありません。おまえがしっかりしていないでどうするのですか!」

おりきはそう言いながら蒲団《ふとん》の傍に寄ると、おたえの脈《みゃく》を取り、胸に耳を当て呼吸を確かめた。

おたえは既《すで》に血の色を失い、硬直しかけていた。

どうやら最期《さいご》は苦しんだとみえ、辛そうに眉根を寄せたその表情に、おりきの胸が重く塞《ふさ》がれる。

とは言え、おたえが肉親に看取られて息を引き取ることを望んでいたとすれば、その望みは叶ったことになる。

が、枕許《まくらもと》に飛び散った粥《かゆ》や茶椀《ちゃわん》、匙《さじ》を目に留《と》めるや、つとおりきの顔が曇った。

「おきわ、おたえさんは中食を摂っていらっしゃったのね？」

そう言うと、おきわはワッと大声を上げ、肩を揺すって激しく泣きじゃくった。

「あたしが……、あたしがおっかさんを殺しちまったんですよ……」

「殺したって、おまえ……。何を言っているのですか！」

「おっかさん、粥を食べていて、喉に詰まらせちまったんだ……。一瞬のことで、慌てて吐《は》かせようとしたんだけど、おっかさんにはもうその力がなくて……。あたし、あたし、どうすることも出来なかった。こんなことなら、無理に食べさせるんじゃなかった……。ああ、やっぱり、あたしがおっかさんを殺しちまったんだ！」

おきわが猛《たけ》り狂ったように頭を振り続ける。

そこに、彦蕎麦の板頭修司《しゅうじ》に導かれ、素庵が階段を上がって来た。

素庵は厳しい面差《おもざ》しで遺体《いたい》の傍に寄ると、脈を確かめ首を振った。

「粥を喉に詰まらせたとな？　何ゆえ身体を起こし、背中を叩《たた》かなかった」

おきわが再び身体を激しく揺する。

「しました。しようとしたんです。けど、おっかさんが抱え起こそうとしたあたしの手を握《にぎ》ったんです。まるで、何もするなといったふうに……。おっかさんの手に力はなかったけど、あたしにはそう言っているように思えたんですよ。けど、その瞬間、おっかさんの手がだらりと床《とこ》に落ちて……。あたし、おっかさん死んじゃ駄目だ、戻るんだ、戻って来てって何度も身体を揺すりました。けど、応えがなくて……。それでも、あたしには何が起きたのか解らなくて……。暫くして、あたしはとんでもないことをしちまったんだ、おっかさんを殺したんだと思うと身体が凍《こお》りついちまって……。それで、どうしてよいのか解らなかったものだから、追廻に女将さんや素庵さまを呼びに行かせたんです。女将さん、亀蔵親分を呼んで下さい」

おきわはひとしきり泣くと、意を決したように顔を上げた。

「亀蔵親分を？　素庵さま、親分を呼ばなくてはならないのでしょうか」

おりきが素庵を窺う。

素庵は苦笑《くしょう》した。

「何を莫迦《ばか》なことを……。おたえはおまえに殺されたわけではないのだ。粥を喉に詰まらせはしたが、弱っていた心の臓が事切れたのが死因なのだからよ」

「けど、粥を食べさせていたのは、あたしなんだから……」

「だから、それを戯《たわ》けというのだ！　いいか、おたえは寿命《じゅみょう》が尽きたということでよ。おまえのせいでもなければ、誰のせいでもない。ただ一つ残念なのは、こうなることを懸念《けねん》し診療所で預かろうと言ったのを、おまえたちが聞き入れなかったということでよ。とは言え、病室で代脈《だいみゃく》（助手）たちが看病していたとしても、同じことが起きたかもしれぬからよ。いずれにしても、おたえは天寿《てんじゅ》を全《まっと》うしたわけだ。冥福《めいふく》を祈ってやることだ」

　素庵はそう言うと、おりきに目を据えた。

「女将、あとのことはおまえさんに委せたぞ。おきわが興奮しているのが気懸《きが》かりだが、起きてしまったことはもう取り戻せない……。そう、おきわを諭《さと》してやることだな」

「解りました。あとのことはわたくしどもで取り仕切りますので、素庵さまはお引き取り下さって構いません。長い間、おたえさんが世話になりました。おきわに代わり、礼を言わせてもらいます。達吉、素庵さまをお見送りして、末吉《すえきち》を妙国寺《みょうこくじ》まで走らせて下さい。ああそれから、現在《いま》召し上がっているお客さまを最後に、見世は山留《やまどめ》（閉店）にするように……。表に貼紙《はりがみ》を出し、以後は通夜《つや》の準備に入ります。それでいいですね？　おきわ」

おりきが顔を覗き込む。

が、聞こえているのかいないのか、おきわは心ここにあらず……。

涙まで涸《か》れきってしまったのか、虚《うつ》ろな目でおたえの亡骸《なきがら》に目を据えていた。

「へっ、解りやした。見世のことは板頭の修司に言いつけておきやす。では、素庵さまをお送りして来やすんで……」

達吉と素庵はおたえの亡骸に手を合わせると、階下へと下りて行った。

おりきがおきわの傍に寄り、そっと手を握る。

「悔やまれることが多々《たた》あることでしょう。誰しも肉親を失うと、してやりたくても出来なかったことや、してしまったことへの悔いが残るものです。けれども、ここに来てからのおたえさんは幸せだったのですよ。血は繋《つな》がっていなくても、おいねちゃんという可愛《かわい》い孫が持て、何より、おまえが彦蕎麦の女主人《おんなあるじ》として活き活きと立ち働く姿が見られたのですもの……。病に臥してから、素庵さまからどんなに勧《すす》められてもここを離れたがらなかったのは、最期までおきわの傍にいたかったからなのでしょうよ。それにしても、何ゆえ、おたえさんの具合が悪かったことをわたくしに知らせなかったのですか？　知ったところで、わたくしには何ほどのことも出来なかったかもしれません。けれども、今日初めて素庵さまからおたえさんのことを聞き、正な話、寂《さみ》しかった……。こんなにもおきわから頼られていなかったのかと思うと、残念で……」

おきわがハッと目を上げる。

「違うんです！　あたし、この三月《みつき》というもの、不安で不安で……。何度、女将さんの胸に縋って繰言を募りたいと思ったことか……。けど、女将さんに相談すると、きっと、素庵さまが言われるように診療所に預けたほうがよいと言われると思って……。預けたほうがよいのは、あたしも解っていました。見世をやっていると、病人がいようが何があろうが、見世を閉めるわけにはいきませんからね。おっかさんに充分な看病をしてやれないことも解っていました。あたしだって、おっかさんを預けてしまったほうがどれだけ楽か……。けど、おっかさんがここを離れるのを嫌がるんですよ。ここにいれば、ああ今頃、おまえは見世の中で忙しそうに立ち働《す》いているのだろうなと、目に見えなくても、まるで自分まで傍にいておまえを助けてるって気がするし、七ツ（午後四時）過ぎにはおいねがあすなろ園から戻って来る、ここにいれば自分は一人じゃない、だから診療所に追いやるなんてことをしないでおくれって……。そんなふうに言われると、あたしにはおっかさんを説《と》き伏せることは出来なかった……。女将さん、あたしが女将さんに相談していたら、なんて答えましたか？　おたえさんのためにも見世のためにも、診療所にお縋りしたほうがよいと答えられたのではありませんか？」

「………」

おりきには返す言葉がなかった。

素庵からおたえを診療所に預けるように説得してくれないかと頼まれたとき、おりきはそれが一番妥当《だとう》だと思ったのである。

「やはり、そうですよね。だから、相談したくても出来なかった……。皆はおっかさんのためには診療所に預けるほうがよいと言うけど、おっかさんのためを思うのなら、本人がいたいと思う場所にいさせてあげるのが本当なのではありませんか？　あたしの心にもおっかさんを預けたほうが楽になるという想いが過《よ》ぎらなかったわけではありません。けど、そのとき、死んだおとっつァんに強《したた》かに頰をぶたれたような気がしたんですよ。身体が凍《こお》ってしまいました。だって、それじゃ、まるで姥捨《うばす》てじゃないですか！　あたしは楽になっちゃいけないんですよ。おとっつァんには親不孝をしたまま亡くなられましたからね。だから、おとっつァんに出来なかった分まで、おっかさんに孝行しなきゃならないんですよ。それで、女将さんに打ち明けることも出来なくて……。と言っても、いつ店衆やおいねの口からおっかさんが病に臥していることが暴露《ばれ》るかとはらはらしていたのも事実です。ことに、おいねは子供なんで喋《しゃべ》っては駄目だと口止めしていても、あすなろ園でぽろりと他の子に洩《も》らしちまうんじゃないかと……。けど、偉いもんですね。他人《ひと》に話すと、ばっちゃんがここにいられなくなる、ばっちゃんはおいねの傍にいたいと言ってるんだから、誰にも言うんじゃないよって言って聞かせたら、よく解ってくれましてね。あの娘《こ》、これまでは七ツを過ぎても遊びに夢中でなかなか帰りたがらなかったのに、この頃うち、七ツになるとまっしぐらに戻って来て、ずっとおっかさんの傍についていましたからね。大好きだったんですよ、おっかさんが……」

おきわはそう言うと堪えきれなくなったのか、前垂《まえだ》れを顔に当て肩を顫わせた。

おりきの目にも涙が溢《あふ》れた。

おりきはそっと指先で涙を拭うと、

「おいねちゃんには知らせたのですか?」

と訊ねた。

おきわが首を振る。

「まだ、あすなろ園には言っていません。何しろ突然のことで、あたしが動転してこんな状態なんで……。心に折り合いをつけてからでないと、おいねにどう接すればよいのか……」

確かに、そうかもしれない。

おいねは生後間なしに母を失い、四歳の時に父彦次を亡くしている。

母の記憶がないおいねには、彦次は父であり母であった。

その彦次を亡くしたのであるから、おいねの衝撃はいかほどであったか……。

そのとき、おいねを支え励ましたのが、義母《はは》となったおきわである。

そんな経緯があるというのに、おたえの死に直面して、おきわが狼狽える姿を見せるわけにはいかないだろう。

おいねはなんといっても、まだ九歳……。

再び訪れた別れの秋《とき》に際し、おいねが動揺しないように支えてやるのは、義母《はは》であるおきわの役目なのである。

「では、七ツ少し前に、誰かを呼びにやらせるとよいでしょう。妙国寺のご住持《じゅうじ》が見えるのは夕刻でしょうから、それまで心の整理をしておくことです」

おりきがそう言うと、まだ何か言いたいことでもあるのか、おきわは前垂れを外し、おりきに目を据えた。

「女将さん、あたし、一つ引っかかることが……」

「実は、今朝はおっかさんは随分と具合がよさそうに見えたんですよ。それで、朝餉《あさげ》は五分粥《ごぶがゆ》だったのを中食は七分粥《しちぶがゆ》にしたんだけど、おっかさんたら珍しくいろんなことを話しかけてきましてね」

「いろんなことって？」

「あたしが子供の頃のこととか、おとっつァんがどれだけあたしのことを可愛く思っていたかってことを……。おとっつァんね、あたしが立場茶屋おりきの旅籠で女中をやらせてもらえるようになったことが自慢で、逢《あ》う人ごとに、海とんぼの娘があの高級な料理旅籠の女中になれたんだから大《て》《え》したもんだろうと、鼻柱《はなばしら》に帆《ほ》を引っかけてたんですって……。立場茶屋おりきの女将さんは店衆を我が子のように思い、女衆にはよい縁組を見つけて嫁《とつ》がせてくれるそうだから、きっと、おきわも良縁を得るに違《ちげ》ェねえって……。ところが、あたしが子持ちの労咳持ちと所帯を持ちたいと言いだしたもんだから、おとっつァんは怒髪天《どはってん》を衝《つ》いちまったんだけど、おっかさんが言うには、本当は、女ごの幸せは心《しん》から惚《ほ》れた男に嫁ぐことと解っていたんですって……。ところが、一旦振り上げた拳が下げられないもんだから、それでいつまでも情を張っていたけど、おいねの愛らしさにおとっつァんも絆されちまいましてね。時化の海で生命《いのち》を落とす前の晩、彦次って男に感謝しなくちゃならねえ、あんなに愛らしい孫を授《さず》けてくれたんだからよって、おとっつァんたらそう呟いていたそうなんですよ……。その話を聞いて、あたしも悔やまれて……。意地を張るんじゃなかった、何度拒《こば》まれても、殊勝《しゅしょう》に頭を下げて許しを請《こ》うのだった、と胸が痛くなりました。けど、今までそんな話をしようとしなかったおっかさんが、何故今になって……、と疑問に思って、それで、なんで今頃そんな話をするのかと訊いたんですよ」

おきわはそこで言葉を切ると、ふうと太息《ふといき》を吐いた。

「それで？」

「おっかさんね、あたしはもう充分幸せを貰えたから、そろそろおとっつァんの許《もと》に行ってやらなきゃ、それでなきゃ、おめえばかりいい目を見るんじゃねえやって、あの世に行ったときにどしめかれるんじゃないかと思って、とそう言うんですよ……。そう、こうも言ってました。これまでは、誰にも看取られることなく時化の海で藻屑と化したおとっつァんのためにも、せめて自分だけでも娘や孫と幸せに暮らし、あの世に行ってどうだったかを報告してやらなきゃと思ってきたけど、もう充分だ、これ以上の幸せを貰うと罰《ばち》が当たる……。おっかさんはそう言ってあたしを瞠めると、おきわ、この四年の間おまえを見てきたが、よい女将となり、義母《はは》になられたね、有難うよ、これでおとっつァんに報告が出来るって、そう言ったんですよ……。咄嗟《とっさ》に、おっかさんは死が近いことを悟《さと》ってると思ったもんだから、あたし、言ってやったんですよ。何言ってんだい、おとっつァんに報告をするのはまだ先のこと！　おいねの成長を見届けなくてどうすんのさって……。そしたら、おっかさんがふっと頬を弛めて、分々《ぶんぶん》に風は吹く、あたしの分はここまでだって……。そのときは、おっかさんの言っている意味が解らなくて……」

おきわの目にわっと涙が盛り上がった。

「それから、おっかさんが窓を開けてくれと言ったんですよ。それで窓を開けてやると、すっと爽《さわ》やかな風が入ってきましてね。風に乗って、祭囃子《まつりばやし》の鉦《かね》や太鼓《たいこ》の音《ね》が流れてきて……。そしたら、おっかさんが呟いたんですよ。良い日だ、良い日だ、今日は死ぬのに良い日だ、こんなのを極楽日和《ごくらくびより》というんだろうねって……」

おきわの頬をはらはらと涙が伝う。

おりきもと胸を突かれ、あっと息を呑んだ。

今日は死ぬのに良い日、極楽日和とは……。

では、やはり、おたえは今日死ぬことを知っていたということであろうか。

「あたしは何も言うことが出来なくて、それで、その場の空気を和《なご》めようと思い、そろそろ食べようじゃないかと言って、粥を食べさせたんですよ。おっかさん、最初の一口、二口は上手《じょうず》に食べていました。ところが、三口目になって、目をまじくじと瞬き始めたんですよ！　喉に詰まったんですよ。それで、慌てて頭を抱え起こそうとしたんだけど、おっかさんがあたしの手を摑《つか》んだんです。苦しげに見えながらも、その目は何もしてくれるなと訴《うった》えかけているようでした。けれども、それも一瞬のことで、すぐにおっかさんの手がだらりと下に落ち、声をかけても揺すっても、もう何も応えなくて……。今になって思えば、おっかさん、わざと粥を喉に詰まらせたのじゃなかろうかと……。このことは誰にも言うつもりはありません。けど、女将さんにだけは聞いてほしいと思って……。女将さん、おっかさんは死ぬ気でいたんでしょうか？」

おきわがおりきを縋るような目で見る。

「わざと喉に詰まらせたのか、たまたま詰まってしまったのか、それは判りません。ただ、おたえさんに何もしてくれるなといった気持があったことは、確かでしょうね。

束の間、阿吽《あうん》の呼吸で、その想いをおきわに伝えたのでしょう。そう思うと、おたえさんの旅立ちは決して哀《かな》しいものではなく、寧ろ、悦んであげるべきなのかもしれません。極楽日和……。そう、おたえさんは極楽へと旅立たれたのですものね」

おりきがおきわに微笑みかける。

その目は、そう思うことです、それでなければ、おたえさんは浮かばれませんよ、と語っていた。

おきわが頷《うなず》く。

「やっと、これで胸の支《つか》えが下りました。もう悔やむのは止します。あたしがくじくじしていたのでは、おいねに合わせる顔がありませんものね」

「そうですよ。おたえさんはおきわによい女将となり、義母となられたね、有難うよ、これでおとっつァんに報告が出来ると言い置いて亡くなられたのですもの、おたえさんを失望させてはなりません。さっ、心に折り合いはつきましたか？　では、そろそろ、湯灌《ゆかん》をしたり、通夜の仕度《したく》にかかりましょう。見世も山留になった頃でしょうから、店衆に声をかけてきます。おきわは経帷子《きょうかたびら》の準備をして下さい。なければ、女衆に手伝わせ急いで仕立てることです」

おりきはそう言うと、階下へと下りていった。

おたえの通夜は彦蕎麦の二階で行われた。

参列したのは、おきわ、おいね、彦蕎麦の店衆全員に、おりき、達吉、貞乃《さだの》だけの約《つづ》まやかな通夜であったが、おたえとは日頃から心を分かち合った者ばかりである。

妙国寺の住持が枕経《まくらぎょう》をあげて寺に戻って行くと、おりきと達吉は旅籠の仕事があるため、一旦、立場茶屋おりきに戻ることになった。

「旅籠での務《つと》めを終えたら再び戻って参りますので、貞乃さま、申し訳ありませんが、それまでおきわたちに付き合って下さいませね。今宵は線香《せんこう》を絶《た》やせないため、わたくしとおきわが交替で寝ずの番を致しますので、店衆は適当なところで引き上げて下さいな。明日の野辺送りは妙国寺で行われることになりましたので、彦蕎麦は明日一日休業となり、店衆全員が列席をするように……。本来なら、おたえさんが大好きだったこの見世から出棺《しゅつかん》してさしあげるべきだったのでしょうが、明日は牛頭天王祭の宮出しです。見物客の混雑の中で野辺送りでもありませんので、やむなく妙国寺でということになりましたが、とは言え、想いはここから送り出すのも同じ……。皆もそおりきがそう言うと、店衆が一斉に、へい、解っていやす、と声を揃《そろ》える。

「けど、おいねには驚きやしたね」

彦蕎麦の水口から裏庭に出ると、達吉がぽつりと呟いた。

「本当に……。子供心にもおたえさんがもう永くないと解っていたのでしょうね」

おりきもしみじみとした口調で言う。

七ツ近くになって彦蕎麦の小女《こおんな》があすなろ園までおいねを迎えに行くと、おたえが病臥《びょうが》していたことを知らなかった貞乃や榛名たちは、何故今まで何も言わなかったのか、とおいねを質《ただ》した。

が、おいねはきっと唇を真一文字《まいちもんじ》に結ぶと、問いには答えず、怒ったような顔をして彦蕎麦へと駆け戻って行った。

誰もが、おいねはおたえが亡くなったことが信じられなくて、挙措を失ったと思った。

ところが、おいねは二階に駆け上がると、おたえの亡骸を見て、悔しそうに唇を噛み締《し》め呟いたのである。

「ばっちゃん、なんでおいねが戻って来るまで待っていてくれなかったんだよ！　ばっちゃんはおいねとおっかさんに看取られて死ぬんだと言ってたじゃないか……」

明らかに、おたえが死ぬことが解っていたといった口ぶりなのである。

そうして、おきわから最期の別れをするようにと言われると、おいねはおたえの傍に寄って行き、冷たくなった顔をそっと撫《な》でた。

「ばっちゃん、これでじっちゃんのところに行けるね。ばっちゃん、おいね、約束を守るからね。泣かないよ。だって、ばっちゃんは死んだんじゃなくて、これからはおいねの心の中で生きるんだもんね？　おいね、お利口《りこう》になる。おっかさんを困らせるようなことをしない。ばっちゃん、ばっちゃん……。嫌だ、おいね、約束が守れないかもしれない……。泣かないと約束したのに、涙が勝手に出てくるんだもん……」

おいねは懸命《けんめい》に涙を堪《こら》えようとしていたが、無情《むじよう》にも遂《つい》にその小さな頬を涙が伝った。

「おいね、泣いてもいいんだよ。さっ、おいで……。おっかさんの胸に縋って思いっ切り泣いていいんだよ」

おきわがそう言い両手を広げると、おいねはワッとその胸に縋りつき、しくしくと肩を顫わせた。

その姿に、その場にいた全員が涙を誘《さそ》われたのであるが、妙国寺の住持がやって来て枕経が始まると、おいねは先ほどとは打って変わり、毅然《きぜん》とした態度を貫《つらぬ》いたのである。

「思うに、おたえさんは自分がもうあまり永くねえことや、死んでも哀しがるな、これからはいつも、おいねの傍にいて見守っているからとでも言って聞かせてたんでしょうな。それに、あの娘《こ》には大切《てえせつ》な者との別れは、これで三度目だ。父親《ておや》の彦次にきわの父親《ておや》凡太と立て続けに失い、今度はおたえさんだもんな。彦次のときが四歳で、凡太のときは五歳か……。大切《てえせつ》な者を失った哀しみは同じといっても、当時のおいねはあんまし幼くて、そこはまだピンと来ていなかったかもしれねえが、此度は四年も一緒に暮らしたおたえさんだもんな……。さぞや、応《こた》えたに違《ちげ》ェねえと思うのに、おいねの奴、思ったほどには取り乱さなかったからよ……。それだけに一層いじらしく思えてよ……」

　達吉が肩息を吐く。

「けれども、おきわがおたえさんの墓を凡太さんとの夫婦墓《めおとばか》にしたいと言い出したのには驚きましたわ。わたくしもそう言われて改めて気づいたのですが、結句、海で亡くなった凡太さんの遺体は上がらずじまいで、これまで凡太さんの墓がなかったのですよね。おたえさんがそのことをずっと気にしていらっしゃったそうで、それで、おきわがおたえさんの墓を建てるときにいっそ夫婦墓にしたいと……。わたくし、それを聞いて安堵いたしました。何か凡太さんの形見を入れてあげればよいのですものね」

おりきと達吉はそんな話をしながら、旅籠へと戻った。

旅籠では、丁度二の膳が配されたばかりのときだった。

おりきは急いで挨拶《あいさつ》用の着物に着替えると、客室の挨拶に廻った。

そうして、食後のお薄《うす》を点《た》てて廻ると、再び着物を着替え、寝ずの番のために彦蕎麦に出向こうとした。

が、裏庭から彦蕎麦の水口に廻ろうとしたときである。

幾種類もの菊を植えた畑のほうから、男の囁《ささや》き声が聞こえてきた。

おりきはぎくりと脚《あし》を止め、思わず聞き耳を立てた。

どうやら、巳之吉と市造のようである。

「そりゃよ、おめえが気を苛《いら》つのは解るが、そうカリカリするもんじゃねえ。連次は煮方長に昇進して些《いさ》か勇《いさ》み足なのよ。だからといって、おめえのようにそう頭ごなしに叱《しか》りつけたんじゃ、連次の奴、畏縮《いしゆく》しちまって、ますますやりくじりをするだけじゃねえか……」

「板頭はそう言うけど、あいつ、伊勢海老《いせえび》の具足煮《ぐそくに》で海老の脚を折っちまったんだぜ？　客は脚まで食わねえといっても、脚の欠けた海老を客に出せるはずがねえ……。それに、ぼたん鱧《はも》にいたっちゃ、鍋の中で鱧を踊《おど》らせやがってよ！　せっかく葛粉《くずこ》を打ったというのに、鍋をぐらぐら煮立てたんじゃ、葛が落ちてしまうじゃねえか！　しかも、鱧に火が通ったかどうか確かめてみろと言ったら、あいつ、骨切りした身のほうに竹串《たけぐし》を刺しやがってよ……。皮のほうに刺すってことくれェ、追廻だって知っているというのによ！　あいつ、焼方から煮方に上がって何年だと思う？　これまで俺の下についていて、何ひとつ学んでねえんだからよ……。小言《こごと》のひとつも言いたくなって当然だろ？」

「ああ、おめえの言いてェことはよく解る。けどよ、おめえみてェに小言八百《こごとはっぴゃく》に利《り》を食うような文句を言ったんじゃ、煮方長の座を連次に奪われたことへの腹いせと、他の者に思われても仕方がねえんだぜ？　何事も辛抱の棒が大事……。連次もまさかてめえが煮方長になれると思っていなかったのに、おめえが病に罹り、瓢簞《ひょうたん》に駒《こま》みてェなことが起きたもんだから、やりくじりをしちゃならねえ、いいところを見せて点数を稼《かせ》がなきゃなんねえと、気持ばかりが空回《からまわ》りをしているんだろうから、もう少し永《なが》ェ目で見てやるこった……。まっ、俺からも注意しておくが、おめえはもっと泰然《たいぜん》と構えているんだな。それでなきゃ、莫迦を見るのはおめえのほうってことになるんだからよ……」

「へっ、解りやした」

どうやら、巳之吉が揚《あ》げ足を取るような市造の態度を見るに見かね、連次を叱責《しっせき》するにしても加減というものを知らなければ、痛くもない腹を探《さぐ》られかねない、と諭しているようである。

おりきは二人が板場の水口に引き返してくる気配に、再び歩き出した。

「あっ、女将さん……」

巳之吉がおりきに気づき、頭を下げる。

市造は拙《まず》いところを見られたといったふうに、つと俯いた。

だが、おりきには二人の会話に口を挟むつもりはない。

板場のことは、巳之吉に委せておけばよいのである。

「通夜は終わりやしたか？」

「ええ。これから貞乃さまと交替しようと思いましてね」

「では、あっしもこれから線香を上げさせてもらってもいいでしょうか？　明日の野辺送りにも参列することが出来ねえと思うんで……」

「巳之吉が？　ええ、是非《ぜひ》、そうしてあげて下さいな。おたえさんも悦ばれることでしょう。何より、おきわとおいねが悦ぶでしょうから……」

おきわとおいねという言葉に、市造が顔を上げる。

「あっしも一緒させてもらっていいでしょうか。おきわのお袋《ふくろ》さんとは親《した》しく話したことがありやせんが、おきわは俺たちの仲間だったんだから、悔やみのひとつでも言ってやりてェんで……」

おりきの胸がカッと熱くなる。

現在《いま》でこそ、おきわは彦蕎麦の女主人だが、彦次が亡くなるまでは立場茶屋おりきの旅籠で、同じ釜の飯を食べた仲間である。

おきわが先の永くない彦次と祝言《しゅうげん》を挙《あ》げたときには心《しん》から祝ってやり、彦次亡き後、おきわが彦蕎麦を出すことになった折には、巳之吉や市造が先頭に立ち、なんとか彦次の味を継ぎつつも、品川宿一の蕎麦を作り出そうと力を出し合ったのだった。

「有難うよ、おまえたち……。では、参りましょうか」

おりきはそう言うと、裏庭を抜け、彦蕎麦との仕切りの枝折《しお》り戸を潜《くぐ》った。

「そうけえ……。おたえ、亡くなったのか……。俺ャ、ちっとも知らなかったもんだから、通夜にも野辺送りにも顔を出すことが出来なかったんだがよ。というか、おたえが病に臥していたことも知らなかったぜ……。おっ、おりきさんよ、なんで知らせてくれなかったんでェ！」

牛頭天王祭の見廻りを抜けてきた亀蔵が、不服そうに唇を尖《とが》らせる。

「知らせようにも、わたくしも昨日までおたえさんが病に臥していたことを知りませんでしたのよ」

「おめえが知らねえって……。そんなことがあって堪るかよ！　彦蕎麦は暖簾《のれん》分けしたといっても、立場茶屋おりきが出したようなもんじゃねえか。おきわは彦蕎麦の女将に違《ちげ》ェねえが、言ってみれば、雇《やと》われ女将……。全体を束ねるのは、おりきさん、おめえなんだからよ！　それなのに、おめえにも知らせねえとは、おきわの奴、一体《いってえ》何を考えてやがる！」

亀蔵は業《ごう》が煮えたように、胡座をかいた膝《ひざ》を揺すった。

「まあまあ、親分、そう気を苛つものではありませんわ。おきわがわたくしに打ち明けられなかったのには理由がありますの」

おりきは素庵やおきわから聞いたことを亀蔵に話した。

「おきわにしてみれば、さぞや辛かったことと思います。わたくしもおきわの話を聞くまでは、相談してもらえなかったことに忸怩《じくじ》としたものがありましたが、話を聞いて、それも無理のないことと納得しました。おきわが言うように、わたくしが相談されていたならば、おたえさんの気持は解るけれども、心を鬼にしてでも診療所に預けるように、と言ったと思います。見世を束ねる立場にあれば、身内のことよりまずお客さまのこと、そして次に、店衆のことを考えますからね。おきわにもそれが解っているだけに、わたくしに内緒にしてでも、おたえさんの気持を優先《ゆうせん》させたのだと思います」

「まあな……。そう説明されてみれば、その通りだもんな。じゃ、おたえは満足してこの世を去ったというんだな？　おっ、もう一遍言ってみてくんな。おたえは今際《いまわ》の際《きわ》になんて言ったと？」

亀蔵が茶をぐびりと飲み干し、おりきを瞠める。

「えっ、ああ……。今日は死ぬのに良い日、極楽日和ですか？」

「死ぬのに良い日、極楽日和か……。なんて粋《いき》な言葉かよ。死ぬことを終《しめ》ェと思ってなくて、新《あら》たなる旅立ちと考えてるってことだからよ」

「ええ、その先は極楽……。何事も考え方一つで、哀しみが悦びに変わるのですものね」

「それに、夫婦墓か……。糞《くそ》ォ……。おきわまでが粋なことを考えやがって……」

亀蔵の芥子粒《けしつぶ》のような小さな目が、きらと光った。

「凡太、良かったな……。あいつもこれでやっと浮かばれるのかと思うと、つい……」

どうやら、亀蔵も品川の海に消えた凡太のことが心に引っかかっていたようである。

おりきは亀蔵の湯呑に二番茶を注ぐと、

「それで、祭のほうはいかがですか？　わたくしも妙国寺からの帰りに見物人の多さに驚いてしまったのですが、宮出しは無事に終わりましたのね？」

と亀蔵をちらと窺った。

「ああ、現在《いま》のところは群衆が暴走することもなく、何事も恙なく運ばれているが、とは言え、まだ始まったばかりだからよ。決して気を弛めるこたァ出来ねえ……。正な話、俺もここで油を売ってる場合じゃねえんだが、喉がからついちまったし、おたえのことを耳にしたもんだからよ……」

「それに、百世のことが気になってならなかった……。ねっ、そうでしょう？　猫の手も借りたいほどの忙しさの中で、百世が足手纏いになっていないかどうかと……。

大丈夫ですよ。わたくしも先ほど茶屋を覗いて来たのですが、百世はてきぱきと仕事を熟していましたからね。寧ろ、今日初めて茶屋の助っ人に入ったおきちが、あまりの怱忙に気後れしている様子が気になりましてね」

「おきちが？　ほう……。けどよ、おきちはまだ二十歳前《はたちめえ》だ。女将修業の一環《いっかん》といっても、焦《あせ》るこたァねえ……」

亀蔵が小さな目を瞬く。

「いえ、焦っているわけではないのですよ。ただ、人としての修業をするには早いに超したことはありませんからね。旅籠の中にいたのでは、富裕層《ふゆうそう》にしか目が届きません。けれども、それはごく一部の人で、大概《たいがい》は額に汗して、生きるために我勢《がせい》している人々です。そういった人々が何を求め、何を考えているのかを知らなければ、人として成長することは出来ませんもの……。ましてや、先々立場茶屋おりきの女将になるつもりでいるのであれば、それでは務まりませんからね……」

「確かに、そうかもしれねえ、言えてらァ……。おっ、邪魔したな！　じゃ、百世のことを宜しく頼むぜ！」

亀蔵はやれと安堵したように立ち上がった。

なんともはや、解りやすい男であろうか……。

やはり、牛頭天王祭の初日を迎え、百世のことが気になってならなかったようである。

「では、もう一度、わたくしも彦蕎麦を覗いて来ることに致しましょう」

おりきはそう言うと、亀蔵と一緒に中庭に出た。

爽やかな水無月の風が、中庭の木々の葉を揺らして過ぎる。

「よい日和ですこと……」

「ああ、極楽日和よ」

亀蔵はそう言うと、片手を上げて茶屋の通路へと歩いて行った。

街道のほうから、風に乗って祭囃子が流れてくる。

牛頭天王祭の宮出しを、自分の野辺送りの日とした、おたえ……。

きっと、これから先も、おたえのことは皆の心から消え去ることはないだろう。

茅《ち》の輪《わ》くぐり

位牌師《いはいし》の春次《はるじ》はぱりぱりと音を立てて沢庵《たくあん》を齧《かじ》ると、改まったようにおまきに目を据《す》えた。

「あっ、今、お茶を淹《い》れますね」

おまきが腰を上げかける。

「いや、そうじゃねえ……。と言っても、お茶も要《い》るんだがよ。実はよ……」

春次は何やら言い出しづらそうに、視線を泳がせた。

元々、口重《くちおも》な春次である。

常《つね》から、言いたいことの半分も口に出して言えず、大概《たいがい》は十歳のお京《きょう》が春次の想《おも》いを察して代弁してやるのだが、どうやらお京にも今は春次の言いたいことが摑《つか》めないとみえ、訝《いぶか》しそうな顔をしている。

こうなると、春次はますます挙措《きょそ》を失い、しどろもどろ……。

「いや、俺《おり》ャ、おめえが立場茶屋《たてばぢゃや》おりきに行かねえかと思ってよ……」

お茶を淹れていたおまきが、驚いたように手を止める。

「立場茶屋おりきに行くって、それは……」

おまきは春次を瞠《みつ》めた。

一体、春次は何を言おうとしているのだろうか……。

まさか、もう自分は用済みなので、立場茶屋おりきに戻れということなのであろうか……。

正《まさ》な話、腹の中では大風が吹いていた。

春次の四人の子が次々に麻疹《はしか》に罹《かか》り、おまきが下高輪台《しもたかなわだい》の春次の仕舞《しも》た屋に移り住んだのが、この春のこと……。

幸い、一番重症だった末っ子の太助《たすけ》も順調に恢復《かいふく》し、現在《いま》ではおまきが母親代わりとなって春次一家を支えているのであるが、それを現在《いま》になって用済みだとは、いかにいっても理不尽《りふじん》ではないか……。

未《いま》だに溝《みぞ》は取り払えないまでも、何かにつけて反抗的だったお京も、此《こ》の中《じゅう》、問いかけたことには返事をしてくれるようになっている。

しかも、下の弟たちはおまきのことを、おばちゃん、おばちゃん、と心《しん》から慕《した》ってくれているのだった。

「おとっつァん、何を言いたいのさ。この女《ひと》に帰れと言ってるの？」

お京が詰《なじ》るような目をして春次を睨《ね》めつける。

黙々と朝餉《あさげ》を食べていた幸助《こうすけ》と和助《わすけ》がハッと箸《はし》を止め、怯《おび》えたように春次を見上げた。

「いや、ち、違うんだ……。だって、おめえ、言ってただろう？　たまには子供たちを連れてあすなろ園に遊びに行く、女将《おかみ》さんに顔を見せに行くって……。けど、おめえがここに移り住んで三月《みつき》というのに、まだ一遍も行ってねえからよ……」

春次はそう言うと、上目遣《うわめづか》いにそっとおまきを窺《うかが》った。

おまきはやれと息を吐《つ》いた。

「ああ、そのこと……。行きたいんだけど、なかなかその暇が取れないもんだから……」

「おいら、行きてェ！」

「おいらもあすなろ園に行きてェ！」

幸助と和助が目を輝かせ、太助もつられて、おっ、おっ、と手を挙《あ》げる。

春次は頬《ほお》を弛《ゆる》め、安堵《あんど》したように肩息《かたいき》を吐いた。

「子供たちがああ言ってるんだから、連れてってやんな。なっ、お京、おめえも行きてェだろ？」

春次に言われ、お京は不貞腐《ふてくさ》れたように、別に……、と頬を膨《ふく》らませた。

が、お京に異存があろうはずがない。

お京は敢《あ》えて背《そむ》けたことを言っているだけで、現在《いま》のおまきには、お京も本音《ほんね》では行きたくて堪《たま》らないと解《わか》っている。

「じゃ、行こうか！」

おまきが子供たちの顔を覗《のぞ》き込む。

「わァい！　やったぜ！」

「やったぜ！」

幸助と和助が歓声を上げ、二歳の太助までが、ヤイヤイ……、と声を上げる。

「俺の中食《ちゆうじき》の心配《しんぺえ》は要らねえからよ。ゆっくりしてくるといい」

「じゃ、春次さんの中食は？」

「なに、ちょいと出掛けて蕎麦《そば》でも食ってくるからよ」

「じゃ、夕餉《ゆうげ》の仕度《したく》に間に合うように戻って来ますね」

「ああ、それでいい。それでよ……」

春次は再びおまきに目を据えた。

「えっ、まだ何か？」

「実はよ……」

春次はそう言うと、仕事場へと入って行った。

おまきとお京が顔を見合わせる。

この頃うち、こんな仕種《しぐさ》も何気なく出るようになっていた。

春次が風呂敷包《ふろしきづつ》みを手に戻って来る。

「こいつを彦蕎麦《ひこそば》に届けてほしいのよ」

春次が風呂敷包みをおまきにヌッと突き出す。

「………」

おまきが訝しそうな顔をして包みを受け取ると、春次は顎《あご》をしゃくって開けてみろと促《うなが》した。

おまきはそろりと包みを開け、あっと息を呑《の》んだ。

「位牌……。おきわさんのおとっつァんとおっかさんの位牌なんですね？　どうしてこれを……。あっ、おきわさんに頼まれてたんですか！」

おまきが驚いたように春次を見る。

「いや……。頼まれてたわけじゃねえけどよ。亀蔵《かめぞう》親分がおめえにおきわさんが双親《ふたおや》の夫婦墓《めおとばか》を建てることになったと話していたのを耳にしたもんだからよ。位牌も要るんじゃなかろうかと思って……。戒名《かいみょう》が判《わか》らねえもんだから、凡太《ぼんた》、おたえ、と俗《ぞく》名《みょう》を彫《ほ》っておいたが、それでよかったかな？」

「えっ、ああ、それでいいと思うけど……。けど、頼まれてもいないのに、どうしてこれを……」

「要らなきゃ、うっちゃってくれても構わねえんだが、これは俺のほんの気持でよ。おめえが立場茶屋おりきにいた頃、おきわさんに世話になったに違《ちげ》ェねえと思ったもんだから、せめて俺に出来ることをと思い、位牌を作らせてもらったのよ」

春次は照れ臭《くさ》そうに俯《うつむ》いた。

「じゃ、これは春次さんの厚意ってわけなんだね？」

おまきの目に熱いものが衝《つ》き上げる。

寡黙《かもく》で、他人《ひと》のことなどに関心がないと思っていた春次に、こんな温かい気持があったとは……。

「有難《ありがと》う。おきわさんがどんなに悦《よろこ》ぶことか……」

おまきは溢《あふ》れる涙をそっと指先で拭《ぬぐ》った。

おめえが立場茶屋おりきにいた頃、おきわさんに世話になったに違《ちげ》ェねえと思ったもんだから……。

なんと、春次はそう言ったのである。

おまきには春次が位牌を作ってくれたことも嬉《うれ》しいが、何より、自分のことをそんなふうに思ってくれていたことが嬉しかった。

「おばちゃん、なんで泣いてんの?」

「おとっつァん、おばちゃんを泣かせちゃ駄目じゃないか!」

幸助と和助が春次を責め立てる。

「莫迦《ばか》だね! おとっつァんが泣かせたんじゃないんだ。嬉しいから泣いてんだよ」

お京がふンと鼻先で嗤《わら》う。

こんなところは相変わらず陳《ひね》びているが、それでも、お京の言葉には以前のように棘《とげ》が孕《はら》まれていなかった。

おまきは取ってつけたように頰に笑《え》みを貼《は》りつけ、位牌を風呂敷に戻した。

蓮台《れんだい》も屋根もついていないが、白木《しらき》ではなく漆塗《うるしぬ》りに金文字《きんもじ》の位牌……。

俗名だけで、没年月日《ぼつねんがっぴ》も享年《きようねん》も記《しる》されていないが、誰もが戒名や位牌を持てるわけでもなく、それを思うとどんなに感謝してもし尽くせない。

「では、確かに、これをおきわさんに届けてきますね」

おまきは深々と頭を下げた。

そうして、朝餉の片づけを済ませると、おまきは四人の子を連れ下高輪台の仕舞た屋を出た。

「勇次《ゆうじ》あんちゃん、驚くだろうか？」

「そりゃ驚くさ。この前《めえ》行ったのが雛祭《ひなまつり》のときだもん！」

「悠《ゆう》ちゃん、どうしてるだろうか。あいつ、この前《めえ》、ジャンケンでおいらに負けて泣きべそをかいてたけどよ」

幸助と和助が口っ叩《たた》きをしながら、前を歩いて行く。

おまきは背中に太助を括《くく》りつけ、胸に位牌の入った風呂敷包みを抱《かか》え、隣のお京に声をかけた。

「大丈夫かえ？　重くないかえ？　重いようなら、おばちゃんが西瓜《すいか》を持つから言っとくれ」

「大丈夫だよ。こんなのちっとも重くないもん！」

お京が重たげに西瓜の入った網袋《あみぶくろ》の持ち手を換える。

「ほら、やっぱり重そうじゃないか。おばちゃんが西瓜を提《さ》げるから、お京ちゃんは風呂敷のほうを持っておくれよ」

大御《おおご》番組屋敷《ばんくみやしき》まで出たところで、先はまだ長い。

お京は不服そうな顔をしながらも、西瓜をおまきに手渡した。

が、そのときである。

はっと、お京が背後を振り返った。

おまきも何事かと背後に目を向ける。

が、行き交《か》う人の姿にも周囲《まわり》の光景にも、別に変わったところは見受けられない。

お京は安堵したように、再び前を向いて歩き始めた。

おまきが小走りにお京の傍《そば》に寄って行く。

「やっぱ、お京ちゃんも感じてたんだね？　下高輪台を出てからずっと、誰かに見張られてるように思ったんだけど、お京ちゃんもそう思ったんだね？」

おまきがお京の顔を窺う。

お京はそれには答えず、唇を尖《とが》らせ肩を竦《すく》めてみせた。

「元気そうで何よりです。あれきりおまきが姿を見せないものだから、息災《そくさい》なのだろうか、何事も恙《つつが》なく熟《こな》しているのだろうかと案じていましたのよ。まあ、なんて可愛《かわい》らしいのでしょう！　確か、この子は太助ちゃん……。もうすっかりおまきに懐《なつ》いているのですね。太助ちゃん、よく来ましたね！」

おまきに抱かれた太助の頰を、おりきがちょいと指先でつつく。

太助は含羞《はにか》んだように、おまきの胸に顔を埋《うず》めた。

「すっかりご無沙汰《ぶさた》しちまって……。早く来なければと思ってたんだけど、四人も子供がいると、なかなか家を空《あ》けるわけにはいかなくて……。けど、今日は春次さんが是非《ぜひ》にも行ってこいと背中を押してくれましてね」

「まあ、春次さんが……。さっ、お茶を召し上がれ」

「有難うございます。それが、今日は春次さんから彦蕎麦に届け物を頼まれていましてね。ついでだから、夕刻まで子供たちを連れてゆっくりしてこいと……」

「では、一緒に中食が食べられるのですね？　それで、彦蕎麦に届け物とは……」

おまきは傍に置いた風呂敷包みを、そっと前に押し出した。

「位牌ですの」

「位牌？　ああ、おたえさんの……。では、おきわが頼んでいたのですね？」

「いえ、それが……」

おまきは亀蔵との会話を耳にした春次が気を利《き》かせ、勝手に作ったのだと説明した。

「既《すで》におきわさんが作ってるってことはないですよね？　無駄になるようなら持って帰れと言われてるもんだから、それで、彦蕎麦を訪ねる前にこちらにお伺《うかが》いしたんだけど……」

「ええ、確かまだ作っていないと思いますよ。四十九日も済んでいませんし、夫婦墓もまだですからね。と言うか、夫婦墓は建てても、おきわに位牌まで作る気持があるかどうか……。庶民には、豪華な仏壇《ぶつだん》を持つことも位牌を作ることもままならないのが現状ですからね」

「春次さんもそう言っていました。それで、差出《さしで》と解っているが、せめてもの自分の気持だと……」

「まあ、それでは春次さんがこれをおきわに無償《むしよう》で？」

「ええ。あたしがここにいた頃、さぞやおきわさんに世話になっただろうからって……」

「春次さんがそんなことを……。拝見してもいいかしら？」

「どうぞ。恐らく戒名までつけていないだろうからと、俗名のままなのですがね」

おりきが風呂敷包みを開き、目を瞠《みは》る。

「まあ、黒漆《くろうるし》に金文字ではありませんか！」

おまきは気を兼ねたように肩を竦めた。

「戒名がないばかりか、没年月日も享年も彫られていないんですけどね……。恐らく、あたしに訊《たず》ねると、あたしが女将さんかおきわさんに訊ねることになり、それでは差出することが暴露《ばれ》てしまうと思って憚《はばか》ったのだと思います」

おりきにも春次のその気持が手に取るように理解できた。

前もって知らせれば、おりきやおきわが気を兼ねて手間賃を払うと言い出しかねない。

それでは、春次の善意が無駄になり、まるで位牌を作ることを強要したかのように思われてしまう。

「このところ、富家《ふうか》では戒名をつけるのが流行《はや》っているようですが、元はといえば、戒名は出家した者がつけるもの……。位牌も同様で、武家が用《もち》いた位牌が庶民にまで普及するようになったのは、檀家《だんか》制度《せいど》により寺社が葬儀に深く関《かか》わるようになってからのことですものね。ですから、俗名で充分と思います。心が通じていればよいのですもの……。それに、ああ、春次さんてなんて優《やさ》しい方なのでしょう。凡太さんとおたえさんの名を並べて彫って下さったのですものね……。これを見ると、おきわが涙を流して悦ぶことでしょう」

おりきがそう言い、位牌に向かってそっと手を合わせる。

「けど、これに入、入《にゅう》……」

「入魂《にゅうこん》ですか？　ええ、それはしなくてはなりません。四十九日が近いのですもの、妙国寺《みょうこくじ》のご住持《じゅうじ》にしてもらうことに致しましょう。それで現在《いま》、他の子供たちはどうしているのですか？」

「ここに来てすぐに、あすなろ園に預けてきましたの。男の子たちの目的はあすなろ園の子供たちと遊ぶことなので、それはもう一目散に駆けて行きましたよ」

「では、お京ちゃんは？　お京ちゃんも一緒に来たのでしょう？」

「はい。土産《おみや》の西瓜をあすなろ園に届けると言って……」

まあ……、とおりきが目を細める。

おまきとお京が、もうそんなに心を通じ合えるようになったとは……。

おりきの胸がじわじわと熱いもので包まれていく。

「どうやら、案じることはなかったようですわね」

「えっ……、ああ、お京ちゃんのことですか？　やっと、このところ少しだけ心を開いてくれるようになりましてね。それでも最初《はじめ》の頃は、あたしが春次さんの後添《のちぞ》いに入りたくて胡麻《ごま》を擂《す》っていると思っていたようだけど、男の子たちに接するあたしの態度を見て、太助ちゃんのおっかさんとは違うぞと感じたみたいでしてね……。この頃うち、訊ねたことには返事をしてくれるし、先日なんか、浴衣《ゆかた》を新しく誂《あつら》えてやったところ、嬉しそうに羽織《はお》ってくれましてね。有難うという言葉こそ聞けなかったけど、あたしはあの嬉しそうな表情が見られただけで満足です」

おまきがふっと微笑《ほほえ》む。

その顔を見て、おりきがくくっと肩を揺《ゆ》らす。

「まあ、その顔はどうでしょう。おまき、おまえはもう立派に母の顔をしていますことよ！」

「えっ、そうですか……。ねっ、聞いた？　太助ちゃん、おばちゃん、おっかさんの顔をしてるんだってさ！」

おまきが膝《ひざ》に抱いた太助の顔を覗き込む。

「おまき、おまえはまだ自分のことをおばちゃんと呼んでいるのですか？」

「ええ。だって、ほかになんて呼べばいいのですか？　下高輪台の家に同居しているといっても、あたしは春次さんの後添いに入ったわけじゃないんですもの……。まさか、子供たちにおっかさんと呼ばせるわけにはいかないじゃないですか」

「それはそうですけど、春次さんはそのことをどう思っているのでしょう」

「さあ……。恐らく、何も考えていないと思います。あの男《ひと》には自分から何かしようという気がありませんもの……。誰かに背中を押されて初めて、自分のするべきことに気づくような男《ひと》なんですよ」

確かに、おまきの言うとおりなのかもしれない。

が、此度《こたび》の位牌はどうだろう。

誰かに頼まれたというわけでも、背中を押されたわけでもないのに、自《みずか》らの気持で動いたのである。

それも、たまたま耳にしたおまきと亀蔵の会話に、おまきが世話になっただろうからと、忙しい注文仕事の合間を縫《ぬ》って作ってくれたのである。

それは、おきわのためというより、偏《ひとえ》におまきを悦ばせるためであり、春次のおまきへの想いなのである。

おりきがおまきの目を瞠める。

「確かに、これまでの春次さんはそうだったかもしれません。けれども、位牌のことを考えてごらんなさい。春次さんは誰かに背中を押されたわけではなく、おきわの、いえ、おまきのために率先《そっせん》して作ってくれたのですからね」

「あたしのために……」

おまきはそう呟《つぶや》いたが、すぐにおりきの言葉の意味が解ったとみえ、さっと頬に紅葉《もみじ》を散らした。

「そろそろ、二人の関係をはっきりさせたほうがよいかもしれませんね」

おりきがおまきの腹を探《さぐ》ろうと、視線を定める。

「おまきはどう思っているのですか？　お京ちゃんも少しずつ心を開きかけてくれたことでもあるし、この際、春次さんの後添いに収まってもよいのではありませんか？」

「…………」

おまきは戸惑《とまど》ったように目を瞬《しばたた》いた。

「おや、どうしました？　春次さんに何か不満でもあるのですか？」

おまきは慌てて首を振った。

「いえ、不満なんて、天骨《てんこち》もない！　春次さんは真面目《まじめ》で善《よ》い男《ひと》だと思います。口数が少なく、何を考えているのか解らないといった難点があることはありますが、位牌師としても評判がよく、生活《たつき》に窮《きゅう》することはまず以《もっ》てありませんもの……。あたしには不満はありません。けど、口重な男《ひと》だけに、春次さんがあたしのことを後添いにと考えているのかどうか……」

おりきはふっと頬を弛めた。

「春次さんがおまきに好意を持っているのは明白ではないですか！　だからこそ此度もおまきが世話になっただろうからと、おきわの双親の位牌を作ってくれたのではないですか……。春次さんって、そういう男《ひと》なのですよ。口ではっきりと想いを伝えることが出来ないだけに、こうしてさり気ない行為で想いを伝えようとしているのですよ。とは言え、おまきにしてみれば、口で伝えられなければ不安ですよね？　解りました。近日中にわたくしが春次さんの腹を確かめてみましょう。いいですね？　それで……」

「女将さんが確かめるって……。では、下高輪台までお見えになるので？」

おまきが挙措を失う。

「そうですね……。下高輪台では子供たちの目に触れますものね。では、車町《くるまちょう》の八文屋《はちもんや》で逢《あ》うことにしましょう。あそこなら春次さんも出掛けやすいでしょうし、八文屋では見世《みせ》のほうではなく、奥の食間を使わせてもらえばよいのですものね。では、おまきが彦蕎麦を訪ねている間に、わたくしは春次さん宛《あて》に文を認《したた》めておくことにします。と言っても、そろそろ彦蕎麦も昼の書き入れ時です。おきわを訪ねるのであれば、八ツ（午後二時）を過ぎてからのほうがよいでしょうから、その前に、ここでわたくしや大番頭さんと中食を頂《いただ》きましょう。では、早速《さっそく》、榛名《はるな》さんにその旨《むね》を伝えておかなければなりませんわね。あっ、そうだわ。太助ちゃんはここでおまきと一緒に食べるとしても、他の子供たちの中食はどうしますか？」

「あっ、それは先ほどあすなろ園を訪ねたときに、貞乃《さだの》さまが子供たちの中食はあすなろ園で一緒にと言って下さいましたんで……」

なんということはない。

おまきは帳場に顔を出す前にあすなろ園を訪ね、何もかも手はずを整えていたのである。

そんなところひとつ取っても、おまきはもう立派に四人の子の母親……。

おりきはやれと安堵の息を吐いた。


ところがその頃、下高輪台の仕舞た屋では、春次が久方ぶりに姿を現したお廉《れん》を前にして、途方《とほう》に暮れていたのだった。

おまきが子供たちを連れて仕舞た屋を出て、四半刻《しはんとき》（三十分）後のことである。

春次が仕事場で蓮台屋根型《れんだいやねがた》の位牌に漆を塗っていると、カタカタと厨《くりや》の土間から下《げ》駄《た》の鳴る音が聞こえてきた。

春次はてっきりおまきが忘れ物でも取りに戻ったのだろうと思い、声をかけることなく筆を走らせていた。

が、どこかしら背中に射《い》るような視線を感じハッと振り返ると、なんと、お廉が夜《や》叉《しゃ》のように目を吊《つ》り上げ、春次を睨めつけているではないか……。

「お廉、おめえ……」

「なんだえ、その顔は！　女房の顔を見て、そんなに驚くことはないじゃないか」

「女房といっても、おめえは……」

「ああ、出て行ったさ。出て行ったけど、戻って来て、それのどこが悪いんだえ？　あたしが家出をするのは今に始まったことじゃなし、これまでだって戻って来たじゃないか！　それなのになんだえ、さっきの女《おな》ごは……。太助を背負《せお》い、まるでおっかさんみたいな顔をして子供たちを連れてたけど、まさか、あの女ごをあたしの後釜《あとがま》に入れたんじゃなかろうね？　なんだえ、その顔は……。へえェ……、そういうことなのかえ。おまえも糞真面目《くそまじめ》な顔をして隅《すみ》に置けないね。やるもんじゃないか！　ちょいと女房が家出したくらいで、もう次の女ごに手を出すんだからさ」

お廉が脂《あぶら》ぎった目で春次を睨《にら》みつける。

「ち、違うんだ……。あの女《ひと》はそういうんじゃ……」

「そういうんじゃないって？　じゃ、お端女《はした》を雇《やと》ったとでもいうのかえ」

「いや、お端女だなんて滅相《めっそう》もねえ……」

「じゃ、なんだというのさ！」

「………」

「答えられないのかえ？　あたしゃ、おまえのそういった女々《めめ》しいところに虫酸《むしず》が走るのさ！　くじくじしてないで、言いたいことがあるのならはっきり言えばいいだろうに！」

春次が意を決したように、伏し目がちの目を上げる。

「だったら言おう。あの女《ひと》はまだ後添いに貰《もら》ったわけじゃねえが、近いうちに子供たちのおっかさんになってもらうつもりなんだ……。おめえにゃ異を唱《とな》える資格はねえはずだ。おめえの名前《なめえ》はもう人別帳《にんべつちょう》から抜けてるんだからよ」

「人別帳から抜けたって……」

お廉の顔からさっと色が失《う》せた。

「そりゃそうだろ？　おめえがここを出て行って、もう二年近くになるんだ。その間、どこにいるのか、生きてるのか死んでいるのかも判らねえんじゃ、記載《きさい》から外《はず》すよりしょうがあるめえって、この前《めえ》、人別帳《にんべつちょう》改《あらため》があった際、下高輪台の書役《かきやく》さんがそう言ってよ」

「…………」

お廉は返す言葉がないとみえ、絶句した。

が、その目は憤怒《ふんぬ》にぎらぎらと燃えている。

「俺ャよ、それでも、これまでのようにおめえが有り金を使い果たし、食い詰めてふらりと戻って来るんじゃねえかと思ってたんだ。ところが、この度《たび》は一月《ひとつき》経《た》っても二月《ふたつき》経っても戻って来ねえ……。おめえが出て行ったとき乳飲《ちの》み子だった太助が、今や幸助や和助と同じものを食ってるんだ。それで、もう二度とおめえは戻って来ねえと思い、仲人嬶《なこうどかか》の話に乗ったのよ」

「けど、まだあの女ごと祝言《しゅうげん》を挙げたわけじゃないんだろ？　人別帳に記載されたわけでもないんだろ？　だったら、追い出しておくれよ！　あたしがここに戻るからさ……。太助はあたしが腹を痛めた子だよ？　実のおっかさんが傍にいるほうがいいに決まってるじゃないか！」

お廉が縋《すが》るような目で、春次を見る。

二年ほどの間に、お廉は随分《ずいぶん》と水気《みずけ》を失い、五歳も六歳も老《ふ》けて見える。

面差《おもざ》しそのものは相も変わらずぼっとりとしているが、これほどまでに窶《やつ》れて見えるのは、この二年、お廉がさほど安気な立行《たちいき》をしてこなかったということ……。

が、春次はつい情に絆《ほだ》されそうになる心に楔《くさび》を打ち、きっぱりとした口調で言った。

「実のおっかさんと思うのなら、何故《なぜ》、あのとき太助を置いて出ていった」

あっと、お廉は息を呑んだ。

「それは……」

「酷《むご》いようだが、おめえにゃはっきり言ってやったほうがいいと思うから言うんだがよ。太助はおめえがいなくなっても、さほど寂《さみ》しがらなかったぜ。お京が母親代わりとなって、あの小さな身体《からだ》でそりゃよく面倒を見てやったからよ。これが何を意味すると思う？　ここにいた頃から、おめえが子供たちに慕われていなかったということじゃねえか……」

春次は喋《しゃべ》りながらも、我ながら饒舌《じょうぜつ》さに驚いていた。

まさか、自分にここまで言えるとは……。

どうやらお廉もそう思ったようで、信じられないのか目をまじくじさせている。

「子供たちに慕われなかったと言われても、仕方がないじゃないか！　お京が懐かないんだからさ。ううん、懐かないなんて生易《なまやさ》しいもんじゃない！　あの娘《こ》は心根《こころね》が腐《くさ》ってるんだよ。ねちねちと陰湿《いんしつ》な嫌《いや》がらせをしてさ。あたしがここに居辛《いづら》くなるように仕向けたんだからさ！」

お廉が甲張《かんば》った声を張り上げる。

「それはおめえが幸助や和助に継子《ままこ》苛《いじ》めをするからじゃねえか。お京はよ、弟たちをおめえから護《まも》ろうと抗《あらが》っただけなのよ。おめえが優しい気持で接してやらなきゃ、子は懐かねえ……。それが証拠に、おまきさんには四人の子が懐いてるからよ。まだ、おっかさんとは呼ばねえが、傍《はた》で見てると、あれはもうすっかり母子《おやこ》の姿だからよ」

「お京も？　お京も懐いてるというのかえ？」

「ああ、そうだ」

春次はそう言い、胸にチカッと痛みが走るのを覚えた。

が、現在《いま》のお京はお廉に抗ったときのようではない。

しかも、この頃うち、仲睦《なかむつ》まじくとまではいかないまでも、おまきと会話をしているではないか……。

春次は怯《ひる》んでなるものかとばかりに、きっとお廉を睨めつけた。

「太助は？　あの子も懐いているというのかえ？」

「ああ、太助は真っ先に懐いたぜ。なんせ、太助ばかりか四人の子が次々と麻疹に罹ってよ。そのとき、おまきさんは夜の目も寝ずに看病してくれたんだからよ」

「…………」

お廉は悔《くや》しそうに歯嚙《はが》みした。

「おまきっていうんだ、その女ご……。ふん、麻疹に託《かこつ》けて餓鬼《がき》を手懐《てなず》けたつもりかもしれないが、今に馬脚《ばきやく》を顕《あらわ》すに決まってるさ！」

「止《よ》しな、あの女《ひと》の悪口を言うのは！　おまきさんはそんな女《ひと》じゃねえ……。立場茶屋おりきにいた女《ひと》だから、本当はもっと条件の良い話があっただろうに、四人もの瘤《こぶ》つきの許《もと》に来てくれ、それはもう親身《しんみ》になって子供たちの世話をしてくれてるんだからよ」

「ああ、そうかえ、解ったよ！　だったら、せいぜい鼻の下を伸ばしてりゃいいさ。正な話、あたしもおまえや餓鬼どもに未練はないからさ。但《ただ》し、太助は返してもらおうあの子はあたしが腹を痛めて産《う》んだ子なんだからさ」

窮鼠《きゆうそ》猫を嚙むとは、まさにこのことであろうか……。

お廉はしてやったりとばかりに、片頰で嗤った。

「太助を……。太助を連れてくってェのか！」

「ああ、そうさ。あの子はあたしの子だもの、当然じゃないか！」

「けど、俺の子でもあるんだ。姉弟《きょうだい》をばらばらにしていいはずがねえだろうが！」

お廉は、はン、と鼻で嗤った。

「太助がおまえの子だって？　唐人《とうじん》の寝言《ねごと》を……。あたしがおまえの後添いに入ったのは、おまえが腕のよい位牌師だったからで、この男と所帯を持てば食うに事欠くことはないと思ったからじゃないか！　それでなきゃ、誰が三人もの瘤つき野暮天《やぼてん》になんか……。おまけに、ろくすっぽう会話らしい会話もなければ、閨《ねや》でのことは味も素っ気もない！　あたしゃ、毎度、おまえが早く果ててくれないかと、そればっかり考えてたよ……。だから、あたしが外に男を作ったって、おまえにゃ文句が言えないのさ！　何を隠そう、太助を孕んだときにも、あたしには別に男がいてさ。太助はおまえの子かどうか判らないんだよ。だが、あたしの子には違いない！　解ったかい？　太助はあたしが貰っていくからね！」

春次は掌《てのひら》を握り締《し》め、ぶるぶると全身で顫《ふる》えていたが、もうそれ以上は言わせないぞとばかりに、バシンと平手でお廉の頬を打った。

「よくも打《ぶ》ったね！　何さ……、この糞ったれが！」

お廉が摑みかかってくる。

春次はお廉の為《な》すがままに身を委《ゆだ》ね、衝き上げてくる怒りを鎮《しず》めようと懸命《けんめい》になった。

あと一発、お廉を殴《なぐ》れば歯止《はど》めが利かなくなると思ったのである。

女ごの力が男に敵《かな》うはずがない。

そう思うと、一発であれ、殴ってしまったことが悔《く》やまれてならなかった。

お廉は春次に抗うつもりがないのを知ると、莫迦、莫迦、莫迦……、とその場に泣き崩《くず》れた。

「金か……。金が要るんだろ？」

春次が掠《かす》れた声で呟くと、お廉は慌てて涙を拭い、春次を見上げた。

「くれるかえ？　くれるのだったら、もう二度と太助を戻せとは言わない……。嘘《うそ》だと思うのなら、誓紙《せいし》を書いたっていいんだ。太助はおまえの子だ、二度とつれて行くとは言わないし、ここにも姿を現さないって……」

「ああ、解った。そうしてくれ。で、いくら要るんだ」

「十両……。ううん、二十両」

「二十両だって？」

「だって、あたしは二度とあの子の前に姿を現さないんだよ？　今後一切《いっさい》、波風が立たないと思えば安いもんじゃないか」

「………」

「これで大手を振って、おまきとかいう女ごと一緒になれるんだもの、いいじゃないか！」

「解った。だが、今すぐに二十両と言われても困る。一月《ひとつき》待ってくんな。田原町《たわらまち》の仏壇屋《ぶつだんや》何軒かに前払いしてくれねえかと頼んでみるからよ」

春次にしてみれば苦渋《くじゅう》の決断だった。

腕のよい位牌師といっても、二十両もの大金をそうそう右から左へと動かせるものではない。

しかも、何が一等辛《つら》いかといって、二十両を払えば太助をお廉から買ったと解釈できなくもなく、それほど辛いことはない。

太助が誰の胤《たね》でも構わない。

が、この世に生を受けたときから、春次は太助を我が子と思い育ててきたのである。

だからよ、俺ャ、お廉から太助を買ったわけじゃねえんだ……。

三行半《みくだりはん》を叩きつけた女ごに、手切れ金として渡すだけなんだからよ。

春次には、そう胸に折り合いをつけるしかなかったのである。

おまきは下高輪台でそんなことが起きているとも知らず、大番頭の達吉《たつきち》を交え、立場茶屋おりきの帳場でおりきと共に中食を摂《と》っていた。

榛名が仕度してくれた賄《まかな》いの他に、板頭巳之吉《いたがしらみのきち》の心尽《こころづ》くしで鱧寿司《はもずし》と鯛《たい》のとろろ汁が加わり、これはもういっぱしの昼餉膳《ひるげぜん》といってもよいだろう。

榛名が中食に作った賄いは、鰺《あじ》の塩焼《しおやき》、茄子《なす》の南蛮煮《なんばんに》、牛蒡青海苔《ごぼうあおのり》かけ、紫蘇飯《しそめし》……。

おまきは榛名が運んで来た膳を見て、思わず感嘆の声を上げた。

「これが旅籠《はたご》の賄いなんですか！　客に出す料理、いいえ、茶屋の昼餉膳《ひるげぜん》より豪華なくらい……」

榛名はくすりと肩を揺らした。

「鱧寿司と鯛のとろろ汁は板頭がおまきさんのために特別に作って下さったのですよ。それに、あたしが作った賄いのほうも、今日は特別……。朝餉の干物《ひもの》にする鰺が今日は大量に入ったとかで、賄いに使ってよいと許しが出ましたもんでね」

「それにょ、茶屋の賄いは追廻《おいまわし》が交替で作るが、旅籠とあすなろ園の賄いはすべて榛名さんが作るからよ。旅籠衆《はたごし》も大悦《おおよろこ》びだ。正な話、追廻が作っていた頃よりガラッと風味合《ふうみあい》が変わっちまったからよ……。大《てえ》して高価な食材を使っているわけでもねえというのに、なんせ、この女《ひと》の手にかかると一変しちまうんだからよ！」

達吉が割って入ってくる。

「榛名さんが賄いを作って下さるようになり、本当に助かりましたわ。旅籠衆の三度の賄いのほかに、あすなろ園の子供たちの食事まで作って下さるのですもの、有難《ありがた》いことです」

おりきがそう言うと、おまきが恐縮したように榛名を見る。

「そのうえ、あたしやうちの子供たちまでが飛び入りしたんですもの、申し訳なくて……」

「造作《ぞうさ》もないことですわ。ちょいと量を増やせば済むことですもの……。では、ゆっくりと召し上がって下さいませ。あたしはあすなろ園に戻りますんで……」

榛名はそう言い、会釈《えしやく》して帳場を出て行った。

「では、頂きましょうか」

おりきが促し、達吉もおまきも箸を取る。

達吉はまずは白焼《しらやき》の鱧寿司を口に含むと、にっと相好《そうごう》を崩した。

「なんですか、嬉しそうな顔をして……」

「だってよ、美味《うめ》ェのなんのって……。女将さんもまあ一口食ってみて下せえよ。俺ャ、白焼はぜっぴ山葵《わさび》のもんだと思っていたが、柚子《ゆず》がこんなにも合うとはよ！」

おりきもどれと鱧寿司に箸を伸ばす。

「本当ですこと！　山葵で頂くのとはまた違った風味合がありますわね。おまきも頂いてごらんなさい」

が、どうしたことか、おまきが感無量《かんむりよう》といったふうに胸を押さえている。

おまきは慌てて、いえっ、と目を上げた。

「どうしました？」

「この前、ここで女将さんたちと板頭の料理を頂いたときのことを思いだしたもんだから……」

ああ……、とおりきは達吉と顔を見合わせた。

おまきは立場茶屋おりきから旅立つことになった前夜、巳之吉がおまきへの餞《はなむけ》として作ってくれた会席膳《かいせきぜん》のことを言っているのである。

あのときおまきは、勿体《もったい》ない勿体ない、と言いながらもひと箸ごとに味わうようにして食べ、今宵《こよい》のことは生涯忘れません、と巳之吉に頭を下げたのだった。

その想いは、巳之吉にも充分伝わったのであろう。

だからこそ、こうしておまきが四人の子を連れて里帰りをしたと聞くと、わざわざ賄いのほかに二種類の鱧寿司と鯛のとろろ汁を仕度してくれたのである。

「おめえが三月《みつき》ぶりに里帰りしてきたんだ。きっと、板頭も嬉しいんだろうさ。さっ、食いな!」

達吉がそう言い、続いてタレ焼きの鱧寿司をぱくつく。

「うん、美味《うめ》ェ! ふわりとした舌触《したざわ》りは、鱧を生《なま》のままタレに潜《くぐ》らせて焼いているからなのよ。これはこれで、また絶品!」

「おや、大番頭さん、やけに詳《くわ》しいではないですか」

おりきがひょっくら返すと、達吉はへへっと照れたように鼻の下を擦《こす》った。

「なに、巳之《みの》さんに訊《き》いたのよ。ふんわりと焼くには何かコツがあるのかって……。そしたら、白焼してタレに潜らせるより、先にタレに潜らせてから焼くといいのだと教えてくれたもんだからよ。おっ、また憎《にく》いねえ……。見なよ、ちゃんと口直《くちなお》しに茄子の浅漬《あさづけ》をつけてくれてるじゃねえか」

達吉の言うとおり、茄子の浅漬は口の中を洗うようだった。

「それで、これは一体……」

おまきが萩焼《はぎやき》の蕎麦猪口《そばちょこ》に入った汁に目を瞬く。

「鯛のとろろ汁です。夏場になると、時折、巳之吉が作ってくれるのですが、これを飲むと元気が出るような気がします。おまき、飲んでごらんなさい。そうですね、これは太助ちゃんにも飲ませてあげるといいですよ」

「太助ちゃん、飲んでみるかい？」

おまきがとろろ汁を匙《さじ》で掬《すく》い、太助の口に運ぶ。

「どう？　美味《おい》しい？　そうか、美味しいかえ。じゃ、もっと飲もうね？」

おまきはとろろ汁を匙で掬って飲ませると、続いて鯵の身を箸で選《よ》り分け太助の口へと運んだ。

事情を知らない者が見ると、おまきと太助のその姿は母子《おやこ》そのものである。

「鯛のとろろ汁っていうからには、解《ほぐ》した鯛の身と山芋《やまいも》を擂鉢《すりばち》で擂《す》り、それを味噌汁《みそしる》の中に入れて混ぜ伸ばしてるんですよね？　いかにも精《せい》がつきそうだ！　良かったね、太助ちゃん。沢山食べて丈夫な子になろうね」

おまきの言葉に、おりきが目を細める。

「大番頭さん、ごらんなさいよ。おまきはもうすっかり太助ちゃんのおっかさんではありませんか！」

「本当だ……。やれ、これでひと安心だ。じゃ、近日中にでも女将さんが下高輪台をお訪ねになるんでやすね？」

「いえ、子供たちの前で春次さんの気持を確かめるのはどうかと思い、車町の八文屋にしましたの。まだ親分にもこうめさんにも了解を得ていませんが、恐らく、快《こころよ》く奥の食間を使わせて下さると思いますので……」

「あっ、成程《なるほど》ね。車町なら、春次も仕事の合間を縫って出掛けられるし、あそこなら鯱《しやちこ》張らずにすむからよ。けど、見世のほうではなく、奥の食間とは考えやしたね。見世では人目《ひとめ》に立つし、女将さんと春次の取り合わせを見て、口さがねえ連中が何を言い出すかしれやせんからね」

「別に悪いことをするわけではありませんので、何を言われても構わないのですが、春次さんが人目を気にするのではないかと思いましてね」

おりきがそう言うと、太助に紫蘇飯を食べさせていたおまきが、くくっと肩を揺する。

「春次さんて、他人《ひと》を気にするような男《ひと》ではないんですよ。とにかく、周囲《まわり》には一切関心がないんだから……。あの男《ひと》の頭の中にあるのは、位牌だけ……。あたしや子供たちがどこで何をしていようが、他人《ひと》が自分のことをどう思っていようが、平気《へいき》平左《へいざ》衛門《えもん》。そんな男《ひと》なんですよ！　けど、あたしはそのほうが有難いんですけどね。重箱《じゆうばこ》の隅をつつくようにして小言を言われるより、何事にも無関心でいてくれると、あたしは子供たちのことだけを考えてればよいんですもの、そのほうがずっと楽ですよ」

なんと、おまきのこの肝《きも》の据わりようはどうだろう……。

おりきは呆《あき》れ顔で達吉に目まじした。


春次はおりきからの文に目を通すと、困《こう》じ果てたように顔を曇《くも》らせた。

「女将さん、なんて？」

おまきが食い入るように春次を見る。

「俺に逢いてエんだとよ……」

「いつ？」

「一廻《ひとまわ》り（一週間）後だとさ」

「一廻り後といえば、夏越祓《なごしばらえ》の前日ですね。それで、どこで逢うんですか？　まさか、門前町《もんぜんちよう》まで来るようにと言われてるわけじゃないでしょう？　それとも、女将さんがここに来られるのですか？」

おまきは文の内容など知らないといった顔をして畳《たた》みかけた。

「いや、車町の亀蔵親分の見世だってさ……。あそこなら下高輪台から近《ちけ》ェんで、俺が出掛けやすいだろうって……」

「ああ、八文屋ね。じゃ、その日の中食は子供たちを連れて八文屋で食べることにしましょうか！　きっとあの子たちも悦ぶだろうからさ」

春次は狼狽《うろた》えた。

「いや、ち、違うんだ。女将さんは俺に話があるんで、おめえや子供たちを置いて一人で来るようにと言っていなさるんだ……」

「女将さんが春次さんに話って……。一体なんだろう……」

それにしても、おまきのこの惚《とぼ》けようはどうだろう。

おまきは訝しそうに首を傾《かし》げ、春次をちらと窺った。

「さあ、そいつは行ってみねえことには……」

おまきはおやっと眉根《まゆね》を寄せた。

春次がどこかしら乗り気でなさそうに見えるのである。

「どうしました？　浮かない顔をして……。まさか、女将さんに逢いたくないとでも？」

　春次は挙措を失い、目を泳がせた。

「いや、そうじゃねえ、そうじゃねえんだ……。けど、逢うにしても、もう少し先に延ばせねえものかと思ってよ」

「もう少し先にって……。じゃ、七夕《たなばた》過ぎにってこと？」

「いや、もう少し先……」

「お盆過ぎってこと？　けど、そうなると、立場茶屋おりきは二十六夜《にいざよい》（七月二十六日）を控《ひか》えて、猫の手も借りたいほどの忙しさとなるんですよ。女将さんに車町まで出て来る暇があるかどうか……。けど、なんで先に延ばさなきゃならないのかしら？　お盆前で春次さんの仕事が忙しくなるのは解るけど、ちょいと車町まで脚《あし》を延ばすくらいの暇は取れるのじゃないかしら？　ほんの一刻《いっとき》（二時間）ほどのことですもの、さして手間はかからないと思うんだけど、違うかしら？」

　春次はますます狼狽えた。

「そりゃそうなんだけどよ……」

「春次さん、あたしのことで女将さんから何か言われるのじゃないかと思ってるんでしょう？　それで、逢いたくないんですね？　ねっ、そうなんでしょう？」

おまきが言葉尻を荒《あら》げる。

春次はさっと二階に目をやった。

「大きな声を出すもんじゃねえ……。子供たちが聞いたら心配《しんぺえ》するじゃねえか」

あっと、おまきも二階に目をやり、肩を竦めた。

「ごめんなさい。つい、気が苛《いら》っちまって……。でもあたし、春次さんに無理をしてもらいたくないいんですよ。嫌だと思うのなら、はっきり断ってもらってもいい……。そのためにも、一度、女将さんに逢って、春次さんの本音を伝えてほしいんですよ」

「ああ、解ってる。そうしなきゃなんねえのは百も承知だ。けど、一廻り後というのが……」

「何か問題でもあるのですか？」

「問題だって？　いや、ねえよ、そんなもん……。解った、逢うよ。一廻り後に女将さんに逢えばいいんだろ？」

春次は動揺したことに照れてか、話題を変えた。

「それで、おきわさんは悦んでくれたかい？」

はっと、おまきが頬に笑みを貼りつける。

「ええ、それはもう……。おきわさんね、位牌のことを気にしてたんですって！　双親の夫婦墓を建てると、ほら、物入りでしょう？　位牌にまで手が廻るかどうかと悩んでいたそうでさ。女将さんが掛かり費用を助《す》けてもよいと言って下さったそうなんだけど、これまで何かある度《たび》に女将さんの世話になってきて、これ以上の迷惑はかけられない、せめて、双親の墓だけは自分の力でと思っているので、そうなると位牌まで手が廻らないのじゃなかろうかって……。それで此度は白木の板に名前を記し、もっと先になってちゃんとした位牌をと思っていたらしくて、春次さんが作った漆塗りの位牌を手にして、涙を流して悦んでくれてさ。あたし、その姿を見て、ああ、春次さんは善いことをしてくれたんだなって、改めて、春次さんの優しさに胸が打たれたんですよ」

「で、戒名は？　俗名でよかったんだよな？」

「ええ。妙国寺の住持から戒名をつけるかどうかと訊かれたらしいんだけど、そうなると、また物入りでしょう？　それに、戒名にすると双親が遠く離れて行っちまうような気がするんで、俗名のままでいいって……」

「けど、あれには没年月日も享年も入れてねえからよ。そのことで何か言っていなかったか？」

　春次が不安そうにおまきを窺う。

「ああ、そのことね。それは四十九日の法要までに入れるからいいって……」

「そうけえ。じゃ、俺のしたことは差出じゃなかったんだな？」

「差出なんかであるもんですか！　女将さんもね、春次さんの優しい気持を察して下さり、これはおきわのためにというより、おまき、春次さんはおまえのためにして下さったのだよって……。それで、近いうちに春次さんに逢ってみなくてはとおっしゃってたんだけど、ああ、それで一廻り後に……。帰り際《ぎわ》に文を手渡されて、これを春次さんに届けてくれと言われたんだけど、まさか、女将さんがこんなに早く行動に移されるなんて……」

おまきの空惚《そらとぼ》けぶりも、ここまで来ると立派なものである。

が、おまきが文の内容を知っていたことに気づかない春次は、改まったようにおまきを見た。

「おまきさん、これだけは言っておきてェんだ……。今後何があっても、俺のことを信じていてほしい。俺ャ、こんな男だから気の利いたことは口に出来ねえが、四人の子とおめえを護ることを誓うからよ。仮に、この先何があったとしても、周囲《まわり》の雑音に惑《まど》わされねえでいてほしい……」

おまきがとほんとする。

「この先、何があるというのかしら……」

「いや、ねえよ。だから、仮に、あったとしてもってことでよ」

春次は一体何を言おうとしているのだろうか……。

おまきは衝き上げてくる不安を払うかのように、わざと明るい口調で答えた。

「嫌だ、春次さんたら心配性なんだから！　誰だって、先々何があるか判らない……。生きていれば良いこともあれば悪いこともありますよ。あたしもこの歳《とし》になるまでどれだけ辛酸《しんさん》を嘗《な》めてきたかしれませんもの……。けど、どんなに辛いときでも、挫《くじ》けることなく辛抱《しんぼう》していれば、必ずや明るい光が射《さ》し込んでくるものなんですよ。それに、あたしたちには仲間がいるんです。自分は一人じゃないんだと思うと、どんなに心強いことか……。それを教えて下さったのが、立場茶屋おりきの女将さんです。春次さん、あなたには家族がいるじゃないですか！　可愛い四人の子供がいるし、そこにあたしまでが加わろうというのです。これほど強い味方はいないし、皆で支え合えば怖いものなどないはずですよ。だからさ、取り越し苦労をしたところで仕方がない……。何かあれば、さあ来いって受けて立てばよいことで、今から杞憂《きゆう》することはないんですよ！」

春次が信じられないといった顔で、目をまじくじさせる。

「驚いたぜ……。大《てえ》した度胸だ。俺ャ、おめえがそんなに強《つえ》ェ女ごだとは思わなかったぜ」

おまきが肩を竦める。

「あたしだって伊達《だて》に歳は取っていませんよ。仲人嬶のおつやさんから聞いて下さったでしょうけど、あたしは立場茶屋おりきに来て、生まれ変わったんですよ。岡崎《おかざき》にいた頃は……」

「言わなくていい……。ああ、おつやさんから聞いたぜ。だが、それがどうしたっていうのよ。おめえ、さっき言ったばかりじゃねえか。生きていれば良いことも悪いこともあるって……。それを乗り越えてきたのが、現在《いま》のおめえだ。俺や子供たちは現在《いま》のおめえが好きなんだから、それでいいんだよ！　有難うよ、おまきさん。おめえと話していたら、なんだか勇気を貰えたような気がするぜ」

春次が笑顔を見せる。

なんて爽《さわ》やかな笑顔であろうか……。

おまきが下高輪台に来て、初めて、春次は屈託《くったく》のない笑顔を見せたのである。

「そんなわけなので、当日、八文屋の食間を使わせてもらえないかしら？」

おりきが亀蔵の湯呑《ゆのみ》に二番茶を注《つ》ぎながら言う。

「ああ解ったぜ。いくらでも使ってくんな。八ツ半（午後三時）と言ャ、俺たちの中食も済んでる頃だからよ。おさわや鉄平《てっぺい》たちはその頃は夕餉の仕込みにかかっているから、おめえたちが何を話していても耳に入《へえ》らねえって寸法《すんぽう》でよ。おっ、そうよ！　おりきさん、八ツ半と言わず、その日、八文屋で中食を食わねえか？　たまには庶民の味を口にするのもいいかもしれねえ……。おさわも悦ぶだろうから、何か気づいたことがあれば言ってやってくんな」

亀蔵が妙案《みょうあん》とばかりに、ポンと手を打つ。

「八文屋で中食を？　ということは、親分やこうめさんたちと一緒に八文屋の賄いを食べるということですか」

「ああ、そうでェ。八ツ（午後二時）に来てくれればいいんだしよ。俺たちと中食を食った後、八ツ半に春次を迎えればいいんだからよ。そうすりゃ、おさわや鉄平がおめえに美味《うめ》ェもんを食わせようと張り切るぜ！　俺もそのお零《こぼ》れに与《あずか》るとして、へへっ、こいつァいいや！　久々に美味《うめ》ェもんが食えるってもんでェ……」

亀蔵が小鼻をぷくりと膨らませる。

「まっ、親分ったら！　わたくしが八文屋で中食を頂くにしても、日頃と同じもので構わないのですよ。決して、特別なことは考えないで下さいね。そうですね、では、そうさせていただきましょうか……。八文屋の賄いが頂けるなんて、ああ、愉《たの》しみですわ！」

「けど、おめえもよく思い切ったな……。おまきにも驚いたぜ。なんとか子供たちの力になりてエ、春次一家を立て直してェと下高輪台に行ったのはいいが、そのうち音《ね》を上げて戻って来るんじゃねえかと高を括《くく》っていたところ、音を上げるどころか、あの陳びたお京を手懐《てなず》けちまったんだもんな……」

「けれども、まだお京ちゃんは完全に心を開いてくれたというわけではないのですよ。とは言え、この頃では、問いかけると返事をしてくれるようになったようですし、殊《こと》更《さら》だって抗うこともなくなったといいますからね」

「お京のことは時が解決してくれるとして、春次の稼《かせ》ぎがあれば生活《たつき》の心配《しんぺえ》をすることもなく、あとは何も問題がねえということか……。それで、そろそろ春次とおまきの関係に区切《けじめ》をつけてェと思ったというわけなんだな？」

「此度のおきわへの気扱《きあつかい》を見て、心《しん》から春次さんは優しい男《ひと》なのだと思いましてね」

「おう、凡太とおたえの位牌よな？　さすがは位牌師よ。目のつけどころが違うじゃねえか。俺たちなんて、夫婦墓が出来るってことだけで、目出度《めでた》し目出度しと手を叩くってものを、ちゃんと位牌まで気を配ってやるんだもんな……」

「しかも、おまきがここにいた頃、おきわに世話になっただろうからと、そう言ったというのですものね。わたくし、その言葉を聞いて、春次さんがおまきに好意を持っていることを確信しましたの。ならば、ここでもうひと押し、背中を押してやる者が必要なのではなかろうかと……」

「それで、おめえが間に入《へえ》り、話を纏《まと》める気持になったというのかよ。おいおい、立場茶屋おりきの女将は仲人嬶までやろうっていうのかよ！」

「仲人嬶だなんて……。嫌ですわ、親分！　わたくしはそんなつもりでは……」

珍しく、おりきの頬が桜色に染まる。

「けどよ、おまきが春次と夫婦《めおと》になったとして、おまきに赤児《やや》が出来れば、おまきは五人もの子のおっかさんになるんだぜ？　現在《いま》でも、末の餓鬼がやっとこさっとこ歩き始めたばかりというのに、おい、大丈夫《でえじょうぶ》かよ……」

亀蔵が煙草盆《たばこぼん》を引き寄せ、仕こなし顔に言う。

「さあ、どうでしょう。おまきに子が出来るかどうか……」

おりきがつと眉根を寄せる。

おまきは岡崎の小間物屋油屋《あぶらや》に奉公に上がっていた頃、主人《あるじ》の丑蔵《うしぞう》からおさすり（表向きは下女、実は妾《めかけ》）を強《し》いられ、三度も中条流《ちゆうじようりゆう》で子堕《こお》ろしをしているのである。

「三度目のとき、産婆《さんば》に言われました。若い身空《みそら》で三度も子堕ろしをして、おまえさん、二度と子を産めないかもしれない、孕んだとしても、まともに産むことは出来ないだろうって……」

いつだったか、おまきがそんなふうに言ったことがある。

おりきにそこまで打ち明けたということは、おまきは二度と我が子は産めないと覚悟していたのであろう。

だからこそ、春次に四人もの子がいると判っていて、敢えて、その中に飛び込んでいったのではなかろうか……。

誰が産んだ子であろうと、育てていけば皆我が子……。

その想いはおりきも同様で、おまきの気持が手に取るように解るのだった。

亀蔵が煙管《きせる》に甲州《こうしゆう》（煙草）を詰め、ウン、と訝しそうな顔をする。

「なんでよ？　おまきはまだ三十路前《みそじめえ》だぜ。餓鬼の一人や二人産んだところでおかしくねえからよ」

おりきは岡崎でのことを口にしようとしたが、ぐっと言葉を呑み込んだ。

敢えてここで、おまきの傷を抉《えぐ》ることはないだろう。

「それはそうと、こうめさんの悪阻《つわり》は治《おさ》まりましたか？」

「ああ、やっとな……。悪阻が治まったと思ったら、まっ、食うこと、食うこと！　おさわが食べ過ぎると身体に障《さわ》ると注意しても、聞きやしねえ……。腹の子が欲《ほ》しがるんだからしょうがねえって、けろっとした顔をしてやがるんだからよ！」

「では、順調なのですね」

「ああ、現在《いま》のところはな。だがよ、幾富士《いくふじ》のことがあるだろ？　それで、産婆に診《み》せるのもいいが、たまには素庵《そあん》さまに診てもらえと言ってるのよ」

亀蔵が煙管を吹かすと、灰吹《はいふ》きにパァンと雁首《がんくび》を打ちつける。

「そうですわね。幾富士さんの二の舞になっては困りますものね」

「ところで、幾富士はその後どうしてる？　此の中、姿を見ねえが、また病《やまい》に臥《ふ》してるってことはねえんだろ？」

亀蔵がおりきを窺う。

「いえ、幾千代《いくちよ》さんからは何も聞いていませんことよ。この春、芸者としてお座敷に戻ったばかりで、幾千代さんがまだあまり無理をしてはならないと諫《いさ》めていらっしゃるようですが、元々幾富士さんは芸事が好きで、負けん気の強い女《ひと》ですからね。恐らく、後《おく》れを取り戻そうと懸命《けんめい》なのでしょうよ」

「そうかもしれねえな。又一郎《またいちろう》って女誑《おんなたら》しに騙《だま》されて赤児《やや》を孕み、子腫《しし》《しゅ》(妊娠中毒症)に罹ったかと思うと、挙句《あげく》、死産……。その後も腎疾患《じんしっかん》に悩まされ、ほぼ一年半も芸者稼業《かぎょう》から遠ざかってたんだからよ。そりゃ、幾富士が焦《あせ》る気持も解らねえでもねえ……。けどよ、人生は永《なげ》ェんだ。まずは身体を治《なお》すことを考えなくっちゃな。俺がこうめに言っているのも同じことでよ……。子を孕んだからって、そう大事大事にするもんじゃねえ。適度に身体を動かすことも大切《てえせつ》だし、そうバクバクと大食いするもんじゃねえと言ってるのよ。ところが、子を産んだことのあるおさわにはそれが解るんだが、鉄平がいけねえ……。こうめに乞《こ》われるまま、食い物を与えてよ！　あいつ、初めて我が子を持つもんだから、おろおろしくさってよ。おっ、おりきさん、八文屋に来たら、こうめと鉄平を叱《しか》ってやってくんな！　おりきさんの言うことになら耳を貸すと思うからよ」

おりきは苦笑した。

子を産んだこともない自分に、何が言えるだろうか……。

「女将さん、宜《よろ》しいでしょうか？」

板場側の障子《しょうじ》の外から声がかかった。

巳之吉の声である。

どうやら、夕餉膳《ゆうげぜん》の打ち合わせに来たようである。

「どうぞ、お入りなさい」


まあ、これは……。

おりきは一瞬息を呑んだ。

八文屋の食間に用意されていたのは、掌大《てのひらだい》の鯛の丸揚煮《まるあげに》、赤貝《あかがい》と分葱《わけぎ》の酢味噌和《すみそあ》え、磯菜《いそな》卵《たまご》、烏賊《いか》と大根《だいこん》の炊《た》き合わせ、吹寄飯《ふきよせめし》、浅蜊《あさり》の清《す》まし汁といった、とても賄いとは思えないほどの饗応料理《きようおうりようり》であった。

「日頃、皆さまが召し上がっているお菜《さい》で構わないと言いましたのに……」

おりきが恨《うら》めしそうに亀蔵に目をやると、亀蔵はへへっと決まり悪そうに首を竦めた。

「いえ、気にしないで下さいませ。こんなことでもないと、日頃、あたしたちは手の込んだ料理が作れませんので……。と言っても、使っている食材は旅籠で出されるような上等なものではなく、さしてお金がかかっていませんので安心して下さいませ」

おさわがそう言うと、鉄平も嬉しそうに相槌《あいづち》を打った。

「俺、今朝から愉しみにしてやした……。日頃、見世に出す惣菜は決まり切ったものばかりで、おさわさんから新しい料理を教わりてェと思っても、なかなか……。けど、女将さんのお陰で、今日こうして、磯菜卵や吹寄飯、鯛の丸揚煮といったものを教えてもれェやした」

「そうなのですか。どれも美味しそうですこと！　これはおさわさんが考え出されたお料理なのですか？」

おりきがそう言うと、おさわは慌てた。

「滅相もない！　すべて、以前から江戸に伝わるものばかりなのですよ。吹寄飯はあたしが小石川《こいしかわ》の称名寺《しょうみょうじ》門前の茶店にいた頃、見世で出されていたものですし、鯛の丸揚煮は海とんぼ（漁師）の女房だった頃に魚を卸《おろ》していた居酒屋の板さんから教わったもので、どれも庶民の食べ物なんですよ。女将さんのお口に合うかどうか……。けど、女将さんは板頭の手の込んだ料理を見慣《みな》れていらっしゃいますからね、それで、こういったもののほうが珍しく感じてもらえるのじゃないかと思いましてね。さっ、どうぞ召し上がって下さいませ！」

「おっ、そういうこった！　食おうじゃねえか」

亀蔵が待ちきれないとばかりに箸を取る。

「では、遠慮なく頂くことに致します」

おりきも後に続き、まず、磯菜卵を匙で掬い口に運ぶ。

酢と塩を加えた湯に卵を割り入れ、卵白が卵黄を包んでこんもりと固まり浮き上がってきたところを掬い上げ、器《うつわ》に盛って煎酒《いりざけ》をかけ、食べる寸前に細切りにした海苔《のり》を振りかけただけの、料理とも呼べない簡単なものだが、これがなかなかどうして……。

半熟卵《はんじゆくたまご》に煎酒の削り鰹《けずりがつお》と酒の旨味《うまみ》、梅干《うめぼし》の酸味《さんみ》が加わり、更に、海苔の風味がなんともいえない香りを醸《かも》し出しているのである。

巳之吉なら絶対にしないであろうと思える卵の使い方に、おりきは目から鱗《うろこ》が落ちたような想いであった。

続いて、鯛の丸揚煮へと箸を伸ばす。

掌大の鯛を姿のまま丸揚げにしてあるだけで驚きというのに、どこから食べようかと腹の部分に箸をつけ、おりきはあっと目を疑った。

丸揚げといっても、鯛をそのまま揚げたのではなく、どうやら三枚下ろしにして中骨を取り除《のぞ》き、中に詰物《つめもの》をして再び姿を整え揚げているようなのである。

おりきの表情を見て、おさわが慌てて説明をする。

「中骨を取り除いて、中に豆腐《とうふ》を葛粉《くずこ》で和えて詰めてありますんで、食べやすいかと思います。下ろし大根と葱《ねぎ》、二杯酢か醬油《しょうゆ》で上がって下さいな」

なんと、一見粗《あら》っぽく見えて、随分と手の込んだ料理ではないか……。

おりきは言われるままに下ろし大根と葱、二杯酢に浸して食べ、思わず目を瞠《みは》った。

揚げた鯛の芳《こう》ばしさと豆腐のふわりとした舌触りが、なんとも食をそそるではないか……。

「初めて出逢った風味合です。これは巳之吉に報告しなければなりませんわ！」

そう言うと、おさわは狼狽え両手を振った。

「止して下さいよ、女将さん！　恥ずかしくって……。板頭だけには言わないで下さい」

「どうしてェ、おさわ。そう謙遜《けんそん》するこたァねえ！　ああ、こいつァ絶品だぜ。俺も初めて食ったが、こいつは癖《くせ》になりそうな味だぜ」

そうして、烏賊と大根の炊き合わせ、赤貝と分葱の酢味噌和えと箸が進み、いよいよ吹寄飯の番になった。

丼飯《どんぶりめし》の上に千切《せんぎ》りにした油揚《あぶらあげ》の煮付《につけ》、茹《ゆ》でた芹《せり》、錦糸《きんし》玉子《たまご》が彩《いろど》りよく放射状《ほうしゃじょう》に載《の》せてあり、真ん中に千切り生姜《しょうが》が……。

見た目も洒落《しゃれ》ていて、ほどほど腹が満たされていても、思わず手が出てしまいそうな一品ではないか！

しかも、甘辛《あまから》く煮付けた油揚と芹の持つかすかな苦《にが》みに、錦糸玉子のまろやかさ……。

どこにでもある食材を使って、これほど饗応風に見せるとは驚きであった。

「おさわさん、これはご馳走《ちそう》ですことよ！　吹寄飯をうちの茶屋で出させてもらっても宜しいかしら？」

おさわが目をまじくじさせる。

「ええ、どうぞ。あたしが考えたわけでもなく、どこにでもあるものですけどね……。恐らく、茶屋の板頭なら、上に載せるものにもっと工夫をなさると思います」

「おう、弥次郎《やじろう》なら、油揚の代わりに穴子《あなご》を使うと言うかもしれねえな。おさわは三色にしたが、椎茸《しいたけ》を加えて四色にしてもよいし、海老《えび》を加えりゃ五色ってもんでよ！」

亀蔵が槍《やり》を入れる。

「ええ、弥次郎ならそう言うかもしれませんね。けれども、わたくしが感動したのは、穴子とか海老が加わらなくても、このわくわくするような興奮と、その期待を裏切らない味が引き出せたところです。それが料理の基本ですもの……。とにかく、この形を弥次郎に伝えたいと思います。おさわさん、鉄平さん、今日は本当に有難うございます。お陰で、わたくしも随分と学ばせてもらいました」

おりきが深々と辞儀をする。

「天骨もねえ、どうか頭をお上げ下せえ!」

鉄平が慌てる。

おさわも恐縮したように、ぺこぺこと何度も頭を下げた。

「けどよ、ここにみずきがいねえとは残念よのっ。あいつがいたら、さぞかし悦ぶだろうに……」

「いえ、義兄《にい》さん、心配には及びやせん。みずきには夕餉で食わそうと思い、ちゃんと残して……。おっ、こうめ、それはみずきの分だろうが!」

鉄平が慌ててこうめを目で制す。

なんと、こうめが自分の膳をすべて平《たい》らげ、みずきの膳にまで手を伸ばしているのである。

「だって、こんなんじゃ足《た》りないんだもの……」

おさわが呆れたようにこうめを見る。

「しょうがないね……。じゃ、あたしはまだ半分しか食べていないから、鍋《なべ》に少し残った油揚とこれで、みずきちゃんの吹寄飯を作り直しておくよ」

「じゃ、おさわさん、俺のも使って下せえ。まだ半分も食ってねえんで、二つ併《あわ》せれば、みずきの吹寄飯が出来るだろうからよ」

鉄平とおさわがやれと顔を見合わせる。

「なんて母親だ！　こうめ、おめえはみずきのおっかさんなんだぜ？　てめえのことを考える前《めえ》に、まず、みずきのことを考えるべきだろうが！」

亀蔵が苦々《にがにが》しそうに苦言《くげん》を呈《てい》し、この調子なんだからよ、おりきさん、言ってやってくれよ、とおりきを見る。

「現在《いま》はお腹《なか》が空《す》くときなのでしょうね。けれども、お腹の赤児《やや》のことや自分の身体のことを考えれば、食べ過ぎは決してよいことではありませんよ。親分はこうめさんの身体を案じて苦言を呈しておられるのでしょうから、少しは耳を傾《かたむ》けてあげて下さいね」

おりきがやんわりとこうめを諭《さと》す。

「そうでェ！　幾千代のところの幾富士みてェに子腫になったらどうするってェのよ。まっ、幾富士は食い過ぎが原因で子腫になったわけじゃねえんだがよ……。が、そうは言っても、人間いつ病に冒《おか》されるか判らねえんだ。そのためにも、たまには素庵さまに診てもらえと言ってるのよ！」

亀蔵が蕗味噌《ふきみそ》を嘗めたような顔をすると、おさわがさっと色を失った。

「幾富士さん、確か、赤児《やや》を死産されたんですよね？　そればかりか、腎機能《じんきのう》に疾患《しっかん》が出たとかで、長いこと素庵さまの診療所に入っていらっしゃったとか……」

おさわの言葉に、鉄平が慌てふためく。

「こうめ、お願《ねげ》ェだ！　明日にでも、素庵さまに診てもらってくれねえか？　おめえが一人で行くのが心細《こころぼせ》ェというんなら、俺がついて行ってやるからよ。なっ、いいな？」

鉄平が哀願《あいがん》するようにこうめを見る。

こうめは不貞《ふて》たように箸を止めると、

「皆、どうしちまったのさ！　バッカみたい……。ああ、いいよ。行ってやろうじゃないか、素庵さまのところに！　だったら文句はないんだろうから、残りを食べさせておくれよ」

と鳴り立てた。

「なんてこった、ちっとも解っちゃいねえ……」

亀蔵が呆れ返ったような顔をする。

「けど、こうめが素庵さまのところに行くことを承諾してくれたんだから、それだけでもよしとしなくっちゃ……。大丈夫《でえじょうぶ》でやすよ。俺が必ず連れて行きやすんで……」

鉄平が気を兼ねたように頭を下げる。

皆にこうして見守られ、こうめはなんと幸せ者なのであろうか……。

なんとしてでも、おまきにもこの幸せを摑んでもらいたいものである。

そのためにも、これからしようとする春次との話し合いは大切なものなのである。

そう思うと、おりきの胸にきりりと緊張が走った。

春次は約束の刻限《こくげん》にやってきた。

おさわや鉄平は午後からの仕込みに板場へと去り、現在《いま》食間にいるのは、春次、亀蔵、おりきの三人である。

亀蔵が同席しているのは、立会人《たちあいにん》として亀蔵にも話を聞いてもらったほうがよいと考えたからである。

「お盆を控えたこの忙しい時期に、お呼び立てしてしまい申し訳ありません。けれども、おまきが下高輪台に行き、もう三月《みつき》です。そろそろ、春次さんがおまきのことをどう考えていらっしゃるのか、この先どうなさるおつもりなのか訊きたいと思いましてね」

おりきが春次の目を瞠める。

春次はさっと目を伏せた。

「…………」

「では、単刀直入《たんとうちよくにゆう》にお訊ねします。おまえさまはおまきを後添いにと思っていらっしゃるのでしょうか。それとも、このままお端女同様に子供たちの世話をしてくれればそれでよいとお考えなのでしょうか」

「…………」

「おう、どうしてェ！ また黙《だんま》りか……。おめえ、男だろうが！ 男なら、腹に思ってることをはっきりと言いな」

亀蔵は肝が煎《い》れたのか、甲張った声で鳴り立てた。

春次はますます潮垂《しおた》れ、肩を丸めた。

「親分！　親分のようにそう高飛車《たかびしや》な言い方をしたのでは、春次さんが臆《おく》してしまい、ますます言いたいことが言えなくなるではないですか」

おりきが幼児でも叱るかのように、めっと亀蔵を睨みつける。

「済まねえ……。俺ャ、もう口を挟《はさ》まねえから勝手にやってくんな！」

亀蔵は肩を竦め、ぐいと茶を飲み干した。

「では、改めて訊きますが、春次さんはおまきのことを……」

「好いていやす。あの女《ひと》には子供たちのおっかさんに、いや、あっしの嫁になってもらいてェと思っていやす」

春次が意を決したように、目を上げる。

ほう……、と亀蔵が身を乗り出す。

「なんでェ、それならそうと早《はえ》ェこと言えばいいものを……。おっ、良かったじゃねえか、おりきさん！　これで話は決まった。あとは祝言をいつにするかだが、もう三月《みつき》も同居してるんだ。世間体《せけんてい》を考えれば、早《はえ》ェほうがいいからよ」

亀蔵が、なっ？　とおりきを窺う。

「そうですわね。春次さんは四度目でも、おまきには初めてのことです。略式《りやくしき》であれ、祝言らしきものは挙げてやりたいと思いますが、どうでしょう？」

「おう、そりゃいいや！　こうめと鉄平のときみてェに、旅籠の広間で身内だけで挙げればいいんだもんな。と言っても、立場茶屋おりきは二十六夜には目も当てられねえほどの忙しさとなる……。するてェと、文月《ふづき》（七月）に入《へえ》ったら早々に挙げたほうがいいな。おっ、春次、それでいいかよ？」

亀蔵が春次をじろりと睨めつける。

「お、お待ち下せえ！　確かに、あっしはおまきさんに惚《ほ》れているし、所帯を持ちてェと思ってやす。けど、そんなに早く……。もう少し先に延ばすことは出来ねえでしょうか」

春次が上目遣いにおりきと亀蔵を交互に窺う。

「…………」

「…………」

おりきも亀蔵も、春次の真意が摑めず、とほんとした。

「もう少し先たァ、一体《いってえ》いつまで……」

拍子抜《ひょうしぬ》けしたのか、亀蔵が心許《こころもと》ない声で訊ねる。

「少なくとも、一月《ひとつき》先まで延ばしてもらえると助かりやす」

「そりゃよ、三月《みつき》も待ったんだから、もう一月《ひとつき》待てねえこたァねえ……。一月《ひとつき》先といえば、二十六夜も終わり、落着いたところだろうしよ。けど、理由は？　一月《ひとつき》先に延ばさなきゃならねえ理由を聞かねえことには、納得できねえ……。なっ、おりきさん、おめえだってそう思うだろう？」

「ええ、何か事情があるのなら、是非、聞かせてもらいたいと思います」

「…………」

春次は再び俯いた。

「どうしてェ、言えねえってか？　俺たちに言えねえ事情を抱《かか》えてるとなっちゃ、こりゃ考えものだぜ！　どこかに女ごがいるとか、借財があるとか、そんな男におまきをやるわけにはいかねえからよ。体《てい》よく、お端女代わりに扱《こ》き使われるのも、まっぴってもんでよ！　そうなりゃ、今日にでもおまきを連れ戻さなきゃなんねえからよ！」

亀蔵が気を苛ったように喚《わめ》き立てる。

「まさか、親分が言われたようなことはないのですよね？　どうしました？　事情をはっきりと説明して下さらないと、わたくしも不安でおまきをおまえさまに差し上げるわけにはいきません。春次さん、どうかお話し下さいませんか？」

正な話、おりきは居てもいられない想いだった。

まさかここに来て、春次のこんな一面を見せられるとは思っていなかったのである。

春次は観念《かんねん》したかのように太息《ふといき》を吐くと、顔を上げた。

「解りやした。お話ししやしょう」

そう言い、春次は一廻りほど前にお廉が姿を現し、二十両払わないと太助を連れて行くと脅《おど》してきたのだと説明した。

「二十両なんて、そうそう右から左へと動かせる金ではありやせん。とは言え、太助はあっしの大切《てえせつ》な息子でやす。お廉は誰の子か判らねえと言いやしたが、太助はこの世に生を受けたときから、あっしが育ててきて、上の三人の子と変わりはしねえんだ。二十両で太助と縁を切ると言うのであれば、なんとしてでもその金を作らなきゃなんねえ……。そう思い、あれから得意先の仏壇屋を廻り、手間賃の前払いとして幾らかでも融通《ゆうずう》してもらえねえかと相談してみたんでやすが、現在《いま》の時点ではやっと七両集まっただけで、まだ二十両には程遠《ほどとお》い……。けど、お廉との約束の期限までまだ間があるんで、なんとか金を掻《か》き集められるんじゃなかろうかと思って……」

春次はそこまで言うと、悔しそうに唇を噛んだ。

「なんて女《あま》だ！　お廉って女ごは性根《しょうね》が腐《くさ》ってるんだ。てめえが勝手に男を作って出て行ったくせしてよ！　今頃のこのこと帰《けえ》って来て、太助を返《けえ》せだと？　おっ、春次、そんな女ごの言うことなんかに耳を貸すこたァねえんだ！　そりゃそうだろうが！

二十両出さねえと太助を連れ去ると脅したんだから、こりゃ立派な恐喝《きょうかつ》だ。お縄《なわ》にしたところで、どこがおかしかろう。いいか、春次、お廉との約束の日、俺が蔭から見張っててやるからよ。強請《ゆすり》の現場を押さえるために、おめえはお廉に金を渡すんだ。そうして、お廉が懐《ふところ》に金を入れたその瞬間、俺が出て行ってお縄にするからよ。で、どこで逢うことになってるんでェ……」

亀蔵の言葉に、春次は挙措を失った。

「止《や》めて下せえ！　俺ャ、二十両が惜《お》しいわけじゃねえんだ。これでやっとあの女ごと縁が切れる、手切れ金だと思えば安いもんだと思ってやす……。それに、あいつ、すっかり面変わりしちまって……。あそこまで尾羽打《おはう》ち枯らし、露《つゆ》の蝶《ちょう》（美人の萎《しお》れた姿）と化した姿を見ると、間男《まおとこ》と逃げたのはいいが、あんまし幸せな立行をしてこなかったに違《ちげ》ェねえと思ってよ……。束《つか》の間であれ、あれでも一時はあっしを夢の世界へと導《みちび》いてくれた女ごなんだ。そのくれェの金をやってもよいかと……」

亀蔵が唖然《あぜん》として、おりきに目まじする。

「聞いたかよ！　極楽《ごくらく》とんぼもここまで来ると、見上げたもんよ。春次の奴、強請というものには際限《さいげん》がねえってことを知らねえとみえる。いいか、春次、お廉に二十両を渡してみな？　これに味を占め、ああいった輩《やから》は金を使い果たすと再び強請《ゆす》ってくるんだよ！　そうやって、一旦蛇《へび》に睨まれたが最後、じわじわ、じわじわ、生殺《なまごろ》しにされるってことが解らねえのかよ！」

「いえ、だから、二十両渡したときに、今後、あっしとも太助とも縁を切る、二度と姿を現さねえと誓紙を書かせやすんで……。あいつをお縄にするのは、その約束を破ったとき……。そのときには、いの一番に親分に相談しやす。ですから、此度だけは、あっしの思い通りにさせてくれやせんか？」

春次が縋るような目で亀蔵を見る。

「解りました。わたくしにも春次さんの気持が解らなくありません。どんな仕打ちをされようと、一時は心底《しんそこ》惚れきった相手ですものね。二十両で立ち直ってほしいと思うのは、春次さんのせめてもの温情《おんじょう》なのでしょう。それで、このことをおまきは知っているのでしょうか？」

おりきが訊ねると、春次は慌てて首を振った。

「言ってやせん！　言えるわけがねえ……。あっしはあの女《ひと》には微塵芥子《みじんけし》ほども不安に思ってほしくねえんです。それでなくても、あの女《ひと》は生《な》さぬ仲の子を四人も世話をし、殊《こと》に、上のお京は手に余る疎《そ》ね者（ひねくれ者）というのに、繰言《くりごと》ひとつ募《つの》るわけでもなく、あっしは頭の下がる想いでいやす。それなのに、このうえお廉のことであの女《ひと》の心を煩《わずら》わせたくありやせん。お願《ねげ》ェでやす。お廉のことはあっしが解決しやすんで、どうか内緒にしておいてもらえやせんか？」

　春次は手を合わせ、哀願した。

　おりきと亀蔵が顔を見合わせる。

「わたくしもおまきには知らせないほうがよいと思います。やっと、おまきは泡沫《うたかた》ではなく現実の幸せを摑みかけたときです。ですから、またもや夢見た幸せが露と化すのではないか、と不安に思わせたくありません。春次さん、改めて訊きます。おまえさまはおまきを幸せにしたいと思って下さっているのですよね？」

　おりきは春次に目を据えた。

「へい。おまきさんもこれまでは泡沫の恋に破れてきたかもしれやせんが、あっしもお廉に惑わされていやした。ですから、お廉とのことは泡沫といってもよい……。本物ではなかったんでやすよ。けど、此度は違う！　あっしはおまきさんの心に惚れやした。あっしは口下手《くちべた》で、思ったことの半分も口に出して言えやせんが、きっと、あの女《ひと》にはあっしの心が通じていると思ってやす」

「そうですか……。では、安心しておまえさまにおまきを託《たく》しましょう。それで、二十両のことなのですが、残りの十三両は調達できそうなのですか？」

「……………」

「どうしてェ、祝言を一月《ひとつき》延ばしてくれということは、一月《ひとつき》すれば、その金が調達できるということじゃねえのかよ」

亀蔵が割って入る。

「そのつもりでやした。けど、得意先を廻ってみて、どこの見世も吝《しわ》いことがよく解りやした。今後、掻き集められるだけ掻き集めたとしても、さあ、五両がいいところかと……」

「五両だって！　じゃ、締めて十二両にしかならねえじゃねえか……。おう、一体《いってえ》どうするつもりなのかよ！」

「ええ、ですから、あとは借りるよりしょうがねえかと……」

「高利《こうり》の金を借りるってか？　て、てんごうを言うのも大概《てえげえ》にしな！　そんなことをしてみな？　結句、てめえの首を絞《し》めることになるんだからよ！」

亀蔵が声を荒げる。

おりきは慌てて、しっと唇に指を当て、板場を窺った。

「大きな声を……。聞こえるではないですか！　では、こう致しましょう。立場茶屋おりきがおまきに持参金として十両持たせましょう。勿論《もちろん》、おまきには秘密に致します。ですから、その金と春次さんが調達した金を併せて、お廉さんに渡してはどうでしょう」

「そんな……。そんなことは出来やせん」

「案じることはないのです。うちは茶立女《ちゃたておんな》や女中を嫁に出す際、どの娘《こ》にも相応《そうおう》の持参金を持たせるのですからね。それに、此度は仲人嬶に礼金を払わなくて済むのです。ですから、ここだけの秘密ということで、十両を受け取って下さいませ」

「おう、そうしてもらいな！　と言うか、この女将は言い出したら後に退《ひ》かねえ女ごだからよ。無理にでも渡すだろうさ」

「けど……」

「けどもへったくれもねえのよ。さっ、決まりだ！　じゃ、何も祝言を一月《ひとつき》も先延ばしにすることァねえんだ。文月に入《へえ》ったら、早々に挙げようじゃねえか」

「いえ、親分。やはり、祝言は一月《ひとつき》先に致しましょう。二十両は揃《そろ》ったとしても、春次さんがお廉さんに金を渡す約束の期日を過ぎてからでないと、過去を引き摺《ず》ったままのようですっきりとしませんもの……。春次さんもそう思っているのではありませんか？」

春次がほっとしたようにおりきを見る。

「女将さんがおっしゃるとおりで……。お廉とのことをはっきりさせてからでねえと、おまきさんに申し訳ねえ……。あっしの気持を解って下さり、有難うごぜいやす」

春次が深々と頭を下げる。

「まっ、そういうことならしょうがねえな。取り敢えず、これで目出度しってことにすっか！　常なら、ここで祝酒《いわいざけ》といくところだが、真っ昼間《ぴるま》から酒でもねえからよ。おう、こうめ、茶だ！　上等のお茶けを持って来な！」

亀蔵が板場に向かって大声を上げる。

「まっ、親分ったら！」

おりきが春次に向かって首を竦めてみせる。

春次が照れたように笑みを見せた。

それは、胸に蟠《わだかま》っていたものが払えたあとの、爽やかな笑み……。

ああ、これでやっと、おまきも幸せになれる……。

そう思うと、おりきの胸がポッと温かくなった。

三田《みた》八幡宮《はちまんぐう》の参道《さんどう》は人立《ひとだち》で埋まっていた。

参道の両側に縁日《えんにち》が棹《さお》となって並び、厄除《やくよけ》を済ませた人々が風鈴《ふうりん》や釣《つ》り忍《しのぶ》を物色《ぶっしょく》している。

「駄目、駄目。和助ちゃん！　金魚《きんぎょ》は厄除を済ませてから買うと言ったでしょ。あっ、幸助ちゃん、おばちゃんから離れちゃ駄目だよ。迷子になったらどうすんのさ！」

太助を抱いたおまきが、金切《かなき》り声で男の子二人を呼び戻す。

「ねっ、茅《ち》の輪くぐりってどうすんのさ！」

幸助がすっと傍に寄ってきて、おまきに訊ねる。

「茅《ちがや》を束《たば》ねて大きな輪を作り、それを潜ると罪や穢《けが》れが祓《はら》われるっていうんだよ。そっか……。皆、これまで一度も夏越祓をしたことがなかったんだね？　今まではおとっつァん一人だったから、きっと、子供たちを連れて来る暇がなかったんだ……」

「うん。余所《よそ》の子がおとっつァんやおっかさんに連れられて神社に詣《まい》るのを見て、おいら、羨《うらや》ましくて堪《たま》らなかったんだ」

幸助がそう言うと、和助が槍を入れる。

「あんちゃんはお詣りより、縁日に行きたかったんだよね？」

「バァカ！　おめえだってそうだろうが！」

「けど、なんで穢れを祓わなきゃなんないの？　おいら、穢れてなんかねえもん！」

和助が不服そうにぷっと頰を膨らませる。

「嘘こけ！　おめえ、いびったれ（寝小便《ねしようべん》）るじゃねえか。嘘だって吐くじゃねえか」

「おいら、嘘なんて吐かねえもん！」

「ほうれ、それが嘘じゃねえか！　なっ、姉ちゃん？　和助の奴、太助の小中飯《こじゆうはん》（おやつ）を盗み食いしたくせして、太助が食ったと嘘吐いたもんな？」

「ああ、そうだよ。和助が嘘を吐かない日なんてないじゃないか」

おまきの隣を歩いていたお京が返す。

「なんでェ、二人して！」

和助が泣きべそをかきそうになる。

「ほらほら、三人ともお止し！　誰だって、嘘も吐けば、自分では気づかなくても悪いことをしているものなんだよ。それが人間ってもんだもの……」

「おばちゃんも？」

「ああ、おばちゃんもだよ。あんなことを言わなきゃよかったのにとか、しなきゃよかったのにってことだらけでさ……」

「だったら、あたしなんて、他人《ひと》が茅の輪を一度潜れば済むところを、十回も二十回も潜らなきゃなんないね？　だって、あたしは数えきれないほどの悪いことをしたり言ったりして、おまきさんを困らせたもの……」

お京がぽつりと呟く。

えっと、おまきがお京の顔を瞠める。

確か、今、自分のことをおまきさんと……。

「お京ちゃん、おまえ……」

お京は照れ臭そうに、ふっと片頬を弛めた。

「おとっつァんから聞いたけど、おまきさん、あたしたちのおっかさんになるんだってね？」

おまきの胸がきやりと揺れた。

「そっか、聞いたんだ……。で、お京ちゃんは許してくれるかえ？」

おまきが怖々《こわごわ》とお京を窺う。

「許さないと言っても、なるんだろ？　だったら、しょうがないじゃないか」

「えっ、何、何？　おばちゃんがおいらたちのおっかさんになるの？」

「わァい！　やったぜ！　ねっ、あんちゃん、おいらたちにおっかさんが出来るんだ。ねっ、ねっ、良かったね！」

まあ……。とおまきの目に熱いものが込み上げてくる。

「有難うよ、おまえたち……」

「じゃ、おばちゃんのことを、おっかさん、と呼んでいいんだね?」

「ああ、いいともさ!」

「あっ、あれが茅の輪だ! 早く潜ろうよ! ねっ、ねっ、早く」

幸助と和助が茅の輪に向かって駆けて行く。

その刹那《せつな》、二人の後を追おうとするお京の横顔がちらと目に入った。

大丈夫……。

これまでは自分のことを、おばちゃん、とも呼ばなかったお京が、おまきさん、と呼んでくれたんだもの、きっといつか、この娘《こ》もあたしのことを、おっかさん、と呼んでくれる……。

おまきの頬を、熱いものが次から次へと伝い落ちた。

太助が驚いたようにおまきの頬に小さな指を当て、懸命に涙を拭おうとしてくれるではないか……。

おまきは感極《かんきわ》まって、太助を抱く腕にギュッと力を込めた。

あやめ草《ぐさ》

とめ婆《ばあ》さんが洗濯籠《せんたくかご》を持ち上げようと腰を屈《かが》めたその瞬間、左腰にギクッと激痛が走った。

屈めた腰を起こすことも、声を出すことも出来ないほどの痛さなのである。

とめ婆さんは痛む腰に手を当て、そろりと膝《ひざ》を地べたに下ろし、蹲《うずくま》った。

片手を洗濯場の柱に預け、懸命《けんめい》に痛みに堪《た》えるのだが、どうやら痙攣《けいれん》を伴《ともな》っているようで、呼吸する度《たび》に情け容赦《ようしゃ》なく激痛が襲ってくる。

誰か、誰か助けておくれ……。

額に脂汗《あぶらあせ》を浮かべてそう願うのであるが、あすなろ園の子供たちも現在《いま》は手習の最中《さなか》とみえ、裏庭には人っ子一人見当たらない。

下足番《げそくばん》見習の末吉《すえきち》でも通りすがってくれればよいのに、日頃は用もないのに裏庭をひょこひょこ歩き廻《まわ》るくせして、あの野郎、こんなときに限って姿を見せないではないか……。

ああ、神さま、仏さま、どうかこの痛みを鎮《しず》めて下さいませ……。

そうして、一体どのくらい、とめ婆さんは同じ姿勢で痛みと闘《たたか》っていたであろうか。陣痛《じんつう》なら、間隔《かんかく》があるだけにまだ気を抜くことも出来るのだが、途切れもなく襲ってくるこの痛みはどうだろう……。

息が出来ないほどの痛みとは、恐らく、このようなことをいうのであろう。

腰の筋肉が収縮《しゆうしゆく》と弛緩《しかん》を繰《く》り返し、その度に、息が止まるかと思うほどの激痛が走るのである。

と、そのとき、旅籠《はたご》の水口《みずぐち》のほうから足早に人が歩いてくる気配がした。

あの足音は、高下駄《たかげた》……。

ということは、板前か追廻《おいまわし》……。

そう思ったとき、ぶつくさと繰言《くりごと》を募《つの》る男の声が聞こえてきた。

「なんだっつゥのよ、板脇《いたわき》のあの態度は！　てめえが煮方長《にかたちよう》を外《はず》されたからって、いちいち俺につっかかるこたァねえじゃねえか！　いい加減《かげん》、俺もやってられねえってのよ……」

どうやら、連次《れんじ》の声のようである。

「ヘン、あの野郎、味音痴《あじおんち》のくせしてよ！」

またもや、連次の声……。

すると、連次は独り言《ひとごと》を言っているのであろうか……。

すると、ザクッザクッと地面を踏み締《し》める下駄の音が近づいてきて、ぴたりと止まった。

「誰でェ！　おっ、とめ婆さんじゃねえか……。おめえ、そんなところで一体《いってえ》……。おっ、腰を痛めたのか！」

連次は足早に寄ってくると、とめ婆さんの身体《からだ》を抱《かか》え起こそうとした。

「痛い！　触《さわ》っちゃ駄目じゃないか、痛いんだからよ……」

とめ婆さんが怒りに満ちた目で、連次を睨《にら》みつける。

連次は慌てて差し出した手を引っ込めた。

「じゃ、一体《いってえ》どうしたらいいんでェ……。放っていいのかよ？」

「放っとくって、この莫迦《ばか》たれが！　ああ痛っ……、痛いんだよ。早く、誰かを呼んできておくれよ！」

「呼ぶって、誰を……。あっ、大番頭さんか女将《おかみ》さんを呼んでこようか？」

「藤四郎《とうしろう》が！　こんなことであの二人に迷惑をかけられるわけがない！　そうだ、あすなろ園を覗《のぞ》いておくれ。貞乃《さだの》さまかキヲさんがいると思うからさ。ああ、痛い……。息をするのも痛いんだから、早く！」

「おっ、貞乃さまかキヲさんだな？　今、呼んで来るから待ってな」

連次があすなろ園に向かって駆けて行く。

とめ婆さんは痛みに堪えながらも、やれと息を吐《つ》いた。

咄嗟《とっさ》に貞乃のことが頭を過《よ》ぎったのは、貞乃が内藤素庵《ないとうそあん》の姪《めい》で、あすなろ園で寮母の役目を務《つと》めるようになるまで、一時期、介護人として診療所を助《す》けていたという経緯があるからであろう。

連次の知らせを受け、貞乃とキヲが驚いたように子供部屋から飛び出して来た。が、なんと二人の後から、筆を手にした子供たちがぞろぞろとついて来るではないか……。

「とめさん、まあ、どうしました……。腰を痛めたのですって？　急性腰痛捻挫《きゅうせいようつうねんざ》、ぎっくり腰なのですね」

「ええ、これは痛いんですよ。海とんぼ（漁師）をしていた前の亭主もやったことがありましてね。あのときは、一廻《ひとまわ》り（一週間）は漁に出ることが出来ませんでしたからね」

貞乃とキヲが眉根《まゆね》を寄せ、とめ婆さんの顔を覗き込む。

「身体を起こせますか？　痛いですよね？　けど、支えていますから、そっと起こしてみて下さい」

「い、痛！　ああ……痛い……」

とめ婆さんがそろりと身体を起こす。

「そう、その調子！　歩けるかしら？　立ち上がってしまうと、歩けることは歩けますでしょう？」

成程《なるほど》、貞乃が言うように、相変わらず腰の痛みは情け容赦なく襲ってくるが、歩けないことはない。

「キヲさん、とめさんの部屋に床《とこ》を取っておいて下さいな。これっ、子供たち！　何をしているのですか。現在《いま》は手習の最中でしょう？　連次さん、申し訳ありませんが、キヲさんが戻って来るまで、子供たちを見ていて下さいませんか？」

「えっ、ああ、解《わか》った。おっ、おめえら、とっとと子供部屋に帰《けえ》んな！」

連次に追い立てられ、勇次《ゆうじ》が不服そうに唇を尖《とが》らせる。

「ええェ……。おいら、もっと見ていてェのによ！」

すると、とめ婆さんが金壺眼《かなつぼまなこ》をきらりと光らせ、子供たちを睨みつけた。

「この糞餓鬼《くそがき》どもが！　他人《ひと》の不幸がそんなに面白《おもしろ》いか！」

そう鳴り立て、とめ婆さんはまたもや痛みに顔を歪《ゆが》めた。

「やべェ……。とめ婆さんが鬼婆《おにばばあ》になってやがる！」

「この餓鬼ャ、ただじゃ置かないから覚えときな！」

まったく、とめ婆さんにかかったら、腰が痛かろうがなんだろうが、口の減《へ》らないこと……。

貞乃は苦笑しながらも、さっ、参りましょうか、と囁《ささや》いた。

そうして、貞乃とキヲに介護され、とめ婆さんは二階家の自室に引き上げたのだった。

「キヲさん、もう一つ頼まれてくれませんか？　旅籠の板場に榛名《はるな》さんがいるでしょうから、木綿豆腐《もめんどうふ》を崩《くず》し、生姜一欠片《しょうがひとかけら》を擂《す》り下ろしたものと小麦粉を併《あわ》せて耳朶《みみたぶ》くらいの硬さに練《ね》ったものと、油紙《あぶらがみ》、晒《さら》し木綿を仕度《したく》してほしいと頼んで下さいませんか？」

貞乃はとめ婆さんを寝床に寝かせ、痛む箇所を調べると、そう言った。

「ああ、湿布《しっぷ》を貼《は》るんですね？」

「ええ、応急措置《おうきゅうそち》です。今診《み》たところ、患部《かんぶ》に痙攣が起きているようです。恐らく、炎症《えんしょう》が起きているのでしょうから、取り敢《あ》えず冷やします。それで暫《しばら》く様子を見て、午後になっても痛みが和《やわ》らがないようなら、吾平《ごへい》さんに頼んで伯父《おじ》の診療所まで運ぶことにしましょう」

「じゃ、すぐに行って来ますね」

キヲが立ち去ると、貞乃は改まったようにとめ婆さんを見た。

「長い間の疲れが出たのでしょうね。無理もありません。とめさんは暑さ寒さを厭《いと》わず、一日も休むことなく旅籠の洗濯物を一手《いって》に引き受けてきたのですものね。つい先日も、女将さんがおっしゃっていました。六十路《むそじ》を過ぎたとめさん一人に洗濯を押しつけるのはどうかと思い、もう一人洗濯女を雇《やと》い入れようかと言ったところ、とめさんが自分の仕事を奪うようなことをしないでくれと激怒したって……。でもね、とめさん、気持はそうであっても、身体は正直ですからね。この際、ゆっくりと身体を休めることが必要です」

「休めるったって、じゃ、一体誰が洗濯を……」

「そんなことは女将さんに委《まか》せておけばよいことです。新しく洗濯女を雇い入れてもよいことだし、とめさんがここに入るまでは、確か、女中たちが手分けをしてやっていたとか……。それにね、此度《こたび》のは恐らく急性腰痛捻挫、つまり、ぎっくり腰と思えますので、二、三日は息をしても響《ひび》くほどの痛さが続いても、安静にしていれば一廻りほどで治《なお》りますが、慢性《まんせい》になるということも考えられますのよ。ああ……、ですから、午後からでも一度伯父に診てもらいましょう。内臓に疾患《しっかん》があると大変ですもの……」

「そんな……。あたしゃ、切っても血が出ないと陰口《かげぐち》を叩《たた》かれた遣手婆《やりてばばあ》だ。何しろ、病《やまい》のほうが怖《こわ》がって逃げていくんだからさ！　内臓に疾患なんてあって堪《たま》るかよ」

「ええ、ええ、それはそうでしょうが、とめさんはなんといっても……」

「六十路を過ぎてると言うんだろ？　ああ、解ってるさ。そうやって、皆してこのあたしをここから追い出そうとしてるんだ！　おまえたちの気持はとっくにお見通しだ。けどさ、追い出されたって、行くところなんてないんだからどうしてくれる？　それともこの品川の海に飛び込んで死ねとでも言うのかえ！　ああ、痛い！　痛ァい……」

「とめさん……。誤解しないで下さいね。わたくしが言ったのは、そんな意味ではないのですから……」

貞乃が困《こう》じ果て、挙措《きょそ》を失う。

とめ婆さんが手に負《お》えない毒舌家《どくぜつか》の拗《す》ね者とは知っていたが、この場合、一体どう扱ったらよいのであろうか……。

つと、貞乃の脳裡《のうり》におりきの姿が過ぎった。

やはり、ここは女将さんの手を借りるより仕方がないのであろうか。

「痛い！　ああ痛い……。こんな想《おも》いをするくらいなら、いっそ、今すぐ海に投げ込んでもらったほうがどれだけ楽か……。さあ、やっとくれ！」

「とめさん……。莫迦なことを言わないで下さいな」

貞乃は堪りかねて悲痛の声を上げた。


「それで現在《いま》、とめ婆さんは？」

幾千代《いくちよ》がお持たせの葛餅《くずもち》を黒文字《くろもじ》で切り分けながら、ちらとおりきを窺《うかが》う。

「素庵さまに鍼治療《はりちりよう》をしていただいたところ、嘘《うそ》のように痛みが和らぎましてね。現在《いま》は、二階家の自室で休んでいますの」

おりきが新茶の山吹《やまぶき》を淹《い》れ、幾千代に勧《すす》める。

「息をしても響いたほどの痛みが、一度鍼治療をしたくらいで治《おさ》まるものなのかえ？」

幾千代が信じられないといった顔をする。

「素庵さまがおっしゃるには、神経を鍼で麻痺《まひ》させているだけなので、また痛みがぶり返すそうです。けれども、その痛みも少しずつ和らいでいき、完治《かんち》するにはやはり一廻りほどかかるであろうということで、暫くは安静にしていなくてはなりませんの」

「あちしは一度もやったことがないけど、あれって、痛いんだってね？　お座敷で客の話を聞いていると、誰彼なしに、ほれ腰痛だの、ぎっくり腰だのと話題にしてるからさ。それも、重いものを持ち上げたからなるのかと思ってたら、天骨《てんこち》もない！　普通に寝ていて、寝返りを打った途端《とたん》に激痛が走り立ち上がれなくなったとか、床几《しょうぎ》に腰かけていて、立ち上がろうとした瞬間、ギクッと痛みが走ったとか……。とにかく、罹《かか》った者が一様《いちよう》に言うのは、腹痛とか頭痛とは比較にならないほどの痛みだとか……」

　幾千代が顔を顰《しか》める。

「西洋では、魔女《まじょ》の一撃《いちげき》というそうですよ」

「鶴亀《つるかめ》、鶴亀……。では、とめ婆さんは暫く使い物にならないってわけか……。それじゃ、困るだろうに……」

　ええ……、とおりきは肩息《かたいき》を吐いた。

　貞乃から知らせを受けたおりきは、とめ婆さんに有無《うむ》を言わせず、吾平に大八車《だいはちぐるま》を牽《ひ》かせ素庵の診療所まで運ばせたのであるが、鍼治療を受けた後、ものの見事に痛みが取れたとめ婆さんは、すぐにでも旅籠に戻って洗濯の続きをすると言い出したのである。

「とめさん、莫迦を言っちゃいけない。現在《いま》は鍼で痛みが消えているが、治ったわけではないのだ。おまえさんの腰は永年《ながねん》の酷使《こくし》で、もうぼろぼろといってもよいのだからよ。この際、ゆっくりと静養することが必要だ。診たところ、肝《かん》の臓《ぞう》もかなり弱っている。このところ疲れやすいとか、身体が怠《だる》いということはなかったかな？」

素庵にそう言われ、とめ婆さんはムッとした。

「そりゃ歳《とし》だもの、若いときのようにはいきませんよ！　けど、あたしは一日たりとて仕事を疎《おろそ》かにしたことはない。やることをきっちり熟《こな》してるんだから、誰にも文句を言わせやしないさ！」

「いや、そういうことを言ってるのじゃない。そりゃ、おまえさんはまだまだ若い者には負けないだろうし、誰にも迷惑をかけてはいない。だが、それはおまえさんの気が勝っているからであり、そうではなく、同じことをしていても以前より疲れやすいということはないかと訊《き》いているのだ」

「誰が疲れるもんか！」

とめ婆さんはますます不貞腐《ふてくさ》れ、頬《ほお》をぷくっと膨《ふく》らませた。

おりきは慌てて割って入った。

「とめさん、素庵さまがおっしゃっているのは、腰の痛みは一時的に良くなっているだけで、安静にしていないとまたぶり返すということなのですよ。無理をしたために、再び、激痛に襲われたらどうするのですか？　その度に診療所まで運ばれてくることを繰り返していたのでは、却《かえ》って仕事に支障《ししよう》が生じます。それでは、皆に迷惑をかけたくないと思うとめさんの気持が仇《あだ》になってしまうではないですか……。ねっ、ですから、この際、ゆっくりと静養することです。元の身体に戻れば、再び仕事に戻ることが出来るのですからね」

「あたしの気持が仇になるって……」

とめ婆さんはおりきの言葉が応《こた》えたとみえ、言葉を失い、全身でぶるぶると顫《ふる》え出した。

「わたくし、前から言っていましたでしょう？　洗濯女をもう一人入れたいと……。とめさんは自分の仕事を奪うつもりなのかと激昂《げっこう》しましたが、決してとめさんの仕事を奪うつもりではないのです。常から二人いると、こういった場合に融通《ゆうずう》がつきますし、分担して仕事を熟せば早く片づきますからね。取り敢えず、今日のところは旅籠の女衆《おなごし》が手分けをして洗濯物を片づけてくれましたが、女衆には女衆の仕事があり、これから先ずっとというわけにはいきません。それで、急遽《きゅうきょ》、口入屋《くちいれや》に洗濯女を廻してくれるようにと頼んでおきましたが、とめさんも了解してくれますよね？」

「じゃ、あたしはどうなるのさ」

とめ婆さんは恨《うら》めしそうにおりきを睨《ね》めつけた。

「勿論《もちろん》、腰が治れば、再び、洗濯場に戻ってもらいますよ」

「じゃ、あそこを出て行かなくてもいいんだね？」

「あそことは……。ああ、二階家のことですか？　勿論ですよ。前にも言いましたでしょう？　とめさんは立場《たてば》茶屋《ぢゃや》おりきの家族なのです。家族であれば、病の床に就《つ》こうが老《お》いて働けなくなろうが、皆で支えていくのが当然です。わたくしはとめさんより幾分《いくぶん》若いので言わせてもらいますが、わたくしね、とめさんの死に水を取る覚悟でいますのよ。ですから、安心して静養して下さいな」

とめ婆さんの金壺眼がきらと光った。

「そういうことだ。なっ、とめさん、安心しただろう？　女将を信じていていいからよ。と言うことで、きょうのところは疎経活血湯《そけいかっけつとう》を調剤しておいたので、山芋《やまいも》のところ状態まで伸ばし、油紙に貼って患部を湿布するように……。ところで、ここに連れて来られたとき、木綿豆腐と生姜の湿布をしていたようだが、あれは誰が？」

素庵がおりきを窺う。

「貞乃さまですの」

「ほう、貞乃が……。民間療法で炎症を治めようとしたのは間違っていない。あいつもいつそんなことを覚えたのか……」

「門前の小僧習わぬ経を読む……。さすがは素庵さまの姪御《めいご》ですこと！　それで、疎経活血湯とは？」

素庵は、ああ……、と頰を弛《ゆる》め、疎経活血湯とは当帰《とうき》、芍薬《しゃくやく》、地黄《じおう》などを混ぜたものので、急性腰痛捻挫を起こしたてには冷湿布《れいしっぷ》が効《き》くが、少し落着けば温めてやるほうがよいのだと説明した。

「腰痛のほうはそれで落着くであろうが、問題は肝機能《かんきのう》のほうでよ。少し黄疸《おうだん》が出ているのが気にかかる……。とめさん、辛抱《しんぼう》して治療することだな」

素庵の診療所では、そんな遣《や》り取りがあったのである。

「もっと早くに弱音のひとつでも吐《は》いてくれればよかったのですがね。身寄りのないとめさんですもの……。ここを追い出されると身の置き場がなくなると思い、それで無理をしていたのでしょうが、とめさんにそう思わせてしまったことが悔《く》やまれてなりません」

おりきが辛《つら》そうに肩息を吐く。

「これまで随分《ずいぶん》と苦労してきた女《ひと》だからね。飯盛女《めしもりおんな》としてさんざっぱら辛酸《しんさん》を嘗《な》め、遣手婆になってからは、金がすべてとばかりに金を貯《た》めることだけを考えてきたもんだから、他人《ひと》が信じられなくなっちまったんだろうさ……。常から、おりきさんが店《たな》衆《し》は皆家族だ、支え合って生きていかなければならないと口が酸《す》っぱくなるほど言っているのに、それでもまだ、働けなくなったら追い出されると思っていたというのだからね……。まっ、その気持はあちしにも解らないでもないんだよ。あちしも同様で、半蔵《はんぞう》が鈴ヶ森《すずがもり》で処刑されてからというもの、冤罪《えんざい》を蒙《こうむ》った半蔵の恨みを晴らすかのように、遊里でだだら大尽《だいじん》（金を湯水のように使う者）を決め込む金満家たちを相手に大尽貸《だいじんか》しをして、業突《ごうつ》く芸者、金の亡者《もうじゃ》と陰口を囁かれながらも金を貯めることしか考えてこなかったからね。他人《ひと》は裏切るけど、金は裏切らない……。その想いだけで生きてきたが、そうではない、この世に金に勝《まさ》るものがあるってことを教えてくれたのが、おりきさん、おまえさんだ……。あちしはおまえさんに出逢《であ》って、確かに変わった……。だからさ、とめ婆さんにもきっとそれが解る日が来るさ！」

「そうあってほしいと思います」

「で、次に雇う洗濯女は決まったのかえ？」

「現在《いま》、口入屋に当たっているところですが、今後、とめさんと力を合わせて洗濯場を廻してもらわなければなりません。そうなると、誰でもよいというわけにはいきませんからね」

「あのとめ婆さんが相手だもんね……。大概の者が二の足を踏んじまうだろうしさ。頭の痛いところだね。案外、毒を以《もっ》て毒を制すがごとく、遣手上がりの女《おな》ごのほうがいいのかもしれないね。そうだ！　あちしも二、三、当たってみようか？　以前、遣手婆をしていたが、現在《いま》は何もしていないって女ごに心当たりがあるからさ！」

「そうして下さると助かります。実のところ、どういった方がとめさんと相性《あいしょう》がよいのか見当もつきませんの。当面は旅籠の女衆が交替で洗濯女を務めてくれると言っていますが、永《なが》くというわけにはいきません。それこそ、二十六夜《にいざよい》になれば目も当てられないほどの忙しさとなりますからね」

「あい解った！　ところで、二十六夜といえば、それが終わると、いよいよ、おまきが下高輪台《しもたかなわだい》の位牌師《いはいし》と祝言《しゅうげん》を挙《あ》げるんだって？　亀蔵《かめぞう》親分から聞いたよ。四人もの瘤《こぶ》つきの許《もと》に嫁《とつ》ぐのだから、諸手《もろて》を挙げて悦《よろこ》ぶわけにはいかないが、当の本人がそれでも構わないというのだから、まっ、よしとしようって……。けどさ、お廉《れん》って女ごはなんだえ！　そんな女ごにまだ情をかけようというんだから、開いた口が塞《ふさ》がらないよ。けど、おまえさんまでがそれに賛成したというじゃないか！　どこまで人が善《よ》いのか……。まっ、そういったところが、おまえさんの良さともいえるんだけどさ。ええ、ええ、あちしはもう何も言いませんよ。どうぞ、好きにやって下しゃんせ！　とは言え、祝いはさせてもらうからね。これまで幸薄《さちうす》かったおまきだもんね。此度だけは、なにがなんでも幸せを摑《つか》んでほしいと思ってさ」

幾千代がおりきの目を瞠《みっ》める。

それは、優《やさ》しさと茶目っ気の溢《あふ》れた眼差《まなざ》しだった。

有難《ありがと》うございます……。

おりきは言葉には出さず、目で答えた。

蔵前《くらまえ》の両替商沼田屋《ぬまたや》源左衛門《げんざえもん》と札差《ふださし》の高麗屋《こうらいや》九兵衛《きゅうべえ》が三田《みた》一丁目の両替商真田屋《さなだや》吉右衛門《きちえもん》を伴いやって来たのは、盂蘭盆会《うらぼんえ》も終わった七月二十日のことだった。

「お久しゅうございます。もう一年以上もお見えになっていませんでしたので、ご予約を頂《いただ》いてからというもの、胸を弾《はず》ませてお待ち申し上げていました」

挨拶《あいさつ》の後おりきがそう言うと、源左衛門は嬉《うれ》しそうに目許《めもと》を弛めた。

「またまた、女将は口が上手《うま》いのだから……。が、そう言ってもらえると、あたしも嬉しいよ。いや、正《まさ》な話、こんなに間が空《あ》いたのは珍しいことでよ。なっ、高麗屋、おまえさんなど去年は恒例《こうれい》の後《のち》の月（九月十三日）を見逃《みのが》したものだから、不満たらだったもんな？」

「い、いや、てんごう言ってもらっちゃ困りますよ！　去年、後の月見物を今年は取りやめようと言い出したのは、このあたしですぞ！　だってそうでしょう？　こずえさんが危篤《きとく》状態にあり舅《しゆうと》のおまえさんが欠席するというのに、あたしや倉惣《くらそう》がのうのうと月見をしていたのではおまえさんや真田屋さんに申し訳が立たないと思ってよ……。おまえさんだって、あたしたちが月見を中止にしたと言ったら、済まない、済まないと、何度も頭を下げていたではないか！　忘れたとは言わせませんからね」

九兵衛が慌てて異を唱《とな》える。

「またまたムキになって……。わざと言ってみただけなんだよ。冗談を真《ま》に受けてどうしますか。と、まっ、そんなわけで、去年は来たくても来られなかったのだが、こずえさんが亡くなって、ほぼ一年……。少し早めではあるが、先日一周忌を済ませた

ものでしてね。それで、今宵《こよい》は是非《ぜひ》にもと吉右衛門さんのほうから言い出されまして
ね。真田屋さんからの申し出とあれば、それはなんとしてでも話に乗らないわけには
いきません」

源左衛門が、なっ？ と吉右衛門に目まじする。

「その通りでして……。昨年は急な茶会にもかかわらず、こちらさまにはわざわざ大《おお》
崎村《さきむら》の寮《りょう》までご足労《そくろう》を願い、また七月朔日《さくじつ》の暑い盛り、源次郎《げんじろう》とこずえの祝言では、
古式に則《のっと》った本膳《ほんぜん》による祝膳《いわいぜん》を披露《ひろう》下さり、板頭《いたがしら》には大層なお手数をかけてしまいま
した。こずえに何よりの思い出を作ってやることが出来たことを感謝しています。そ
れもこれも、こちらさまのお陰……。結句、こずえはあれから二月半《ふたつきはん》しか生きること
が出来ませんでしたが、僅《わず》かの間とはいえ、こずえは源次郎の庇護《ひご》の下《もと》、女ごとして
の幸せを噛《か》み締めながら、最期《さいご》は源次郎の手を握り、女房にしてくれて有難う、これ
でもう思い残すことはない、と言って果てていきました。その節はご多忙《たぼう》の中、女将、
板頭ともども大崎村まで駆けつけて下さり有難うございました。すぐにでもお礼に伺《うかが》
わなければならなかったのですが、覚悟していたこととはいえ、こずえの死は思った
以上に応え、なかなか行動に移すことが出来ず申し訳ないことをしてしまいました」

吉右衛門が深々と頭を下げる。

「日が薬といいますが、親御《おやご》さんの立場とあれば、なかなかそういうわけには参りません。お気持お察し致します」

「とは言え、いつまでもあたしが哀《かな》しみの淵《ふち》に浸《ひた》っていたのでは源次郎のためになりません。源次郎には真田屋の身代《しんだい》を継《つ》いでもらわなければなりませんのでな。一日も早く立ち直ってもらい、嫁を取ることも考えなければなりません。それには、あたしがまず日常の暮らしを取り戻すことだと考えまして、少し早いのですが、この盂蘭盆会に一周忌の法要を済ませ、今日こうして沼田屋さん、高麗屋さんをお誘《さそ》いしたわけです」

「まあ、そうでしたの……。では、一周忌はもう済まされたのですね。それで、源次郎さまは現在《いま》……」

おりきがさっと源左衛門に目をやる。

源次郎の実父にあたる源左衛門は、寂《さみ》しそうにふっと片頬を弛めた。

「あいつは健気《けなげ》にもこずえさんを失った哀しみに懸命に堪《た》えようとしていますよ。真田屋に婿養子に入って以来、蔵前には一切《いっさい》戻って来ようとしませんが、先日、あたしが三田一丁目を訪ねて行くと、こんなことを言っていましてね。真田屋の義父母からは、一日も早くこずえのことを忘れ、おまえは真田屋の当主として新たなる家庭を築くように、と言われているが、自分は今後もこずえのことを忘れるつもりはない、姿こそ見えないが、こずえは現在《いま》も自分の心の中で生きているのだからと……。困ったものです。まっ、こずえさんが亡くなって、まだ一年です。源次郎がそう思うのも無理のないことで、あたしは長い目で見てやってくれるようにと吉右衛門さんに頼んでいるのですがね」

「ああ、解っている、解ってるんだよ。あたしとしては、源次郎がそこまでこずえのことを想ってくれる気持が嬉しい……。が、真田屋の商《あきな》いのことを思うと、いずれは源次郎に嫁を取ることを考えなければなりませんのでな」

吉右衛門が辛そうに眉根を寄せる。

沼田屋源左衛門の次男源次郎と真田屋の一人娘こずえの縁談が纏《まと》まったのは、一年半前のことだった。

沼田屋も真田屋も共に両替商で、誰の目から見ても、非の打ち所のない良縁だった。

ところが、運命とはなんと皮肉なことか……。

祝言を待たずして、こずえが不治《ふち》の病に冒《おか》されてしまったのである。

治療法もないまま日々弱っていくこずえを前に、真田屋は婚約はなかったことにしてくれと沼田屋に申し出た。

それを頑《がん》として突っぱねたのが、源次郎である。

余命《よめい》わずかと宣告されたこずえさんを見捨てるわけにはいかない、生命《いのち》ある限り、精一杯生きないでどうする、自分は真田屋の身代が欲《ほ》しくて言っているのではなく、こずえさんが愛《いと》しくて堪らず、この世に生ある限り、傍《そば》にいて支えてあげたい……。

源次郎はそう言い、敢えてこずえの念願だった茶会を開いてやり、こずえもまた、病の身ながら凜《りん》として亭主を務めたのだった。

その折、大崎村の閑古庵《かんこあん》まで出向き、茶事懐石《ちゃじかいせき》を作ったのが巳之吉《みのきち》である。

そうして、秋に予定されていた祝言を早め、昨年の七月朔日、源次郎とこずえは目出度《めでた》く夫婦《めおと》となったのである。

そのときの祝膳を作ったのも巳之吉で、おりきも沼田屋の友人ということで末席に侍《はべ》ることになったのだった。

こずえは白無垢姿《しろむくすがた》で坐《すわ》っていることも辛かったであろうに、終始、毅然《きぜん》とした態度を徹《とお》し、出されたどの膳にもほんのひと口箸《はし》をつけてくれたのである。

儚《はかな》げで、今にもふっと消え入りそうに見えながら、こずえの潤《うる》んだ黒目がちの瞳は幸せに充《み》ち満ちていた。

どうか、一日でも永く、この幸せが続きますように……。

おりきはそう願わずにはいられなかった。

が、遂《つい》に、後の月を翌日に控《ひか》え、こずえは危篤に陥《おちい》ってしまったのである。

こずえが息を引き取ったのは、後の月当日の四ツ（午後十時）のことだった。

立場茶屋おりきに訃報《ふほう》がもたらされたのは翌朝のことで、おりきと巳之吉は急ぎ大崎村へと駆けつけた。

こずえは白い肌に頰紅《ほおべに》を差し、まるで眠っているかのように安らかな顔をしていた。

「苦しかったであろうに、最期まで、辛い、苦しいという言葉をひと言も発しませんでした。それどころか、あたしの手を握り、女房にしてくれて有難う、このふた月半ほど幸せなことはなかった、もう思い残すことはない、有難う、有難う、と何度も言いましてね。最期は、蠟燭《ろうそく》の火が消えるように、ふっと息絶《た》えました……」

こずえの亡骸《なきがら》を前に、堪えきれずに激しく嗚咽《おえつ》した源次郎……。

「こずえさまは幸せだったのですね。わたくしもこずえさまが幸せに思い死んでいかれたと知り、安堵《あんど》いたしました。源次郎さま、寂しくなられたでしょうが、こずえさまはあなたさまの心の中でいつまでも生き続けられることでしょうよ。姿は見えずとも、常に、あなたさまのお傍にいる……。わたくしも大切な人を何人も失いましたが、そう思っているのですよ」

おりきがそう励ますように言うと、傍にいた巳之吉が横たわったこずえに向かって語りかけた。

「こずえさま、あっしは今日お別れを言いに来ただけでなく、お礼を言いたくて参りやした。こずえさまのお陰で、本格的な茶事懐石を作らせていただきやしたし、祝言の祝膳も本膳による婚礼料理を作らせていただき、あっしにとっては板前冥利《みょうり》に尽《つ》きるといってもよく、なんと礼を言えばよいのか……。それに、あっしは茶事、婚礼を通して、こずえさまのひたむきさに胸を打たれやした。なんとしてでも、こずえさまと源次郎さまには幸せになってもらいてェと願ってもいやした。本当に、お二人には教えられることばかりで……。有難うごぜえやした」

巳之吉はそう言い、大粒の涙を頬に伝わせたのだった。

その直後、中庭の萩《はぎ》がおりきの目に留《と》まった。

なんと、竹で隧道《ずいどう》を象《かたど》り、その両側から宮城野萩《みやぎのはぎ》を伝い這《は》わせているのである。

萩の隧道に目を瞠《みは》るおりきに、源次郎が囁いた。

「今後は、あたしが引き継ぎます。こずえが丹精《たんせい》を込めて作った萩の隧道ですからね。あたしが必ず護《まも》ってみせましょう」

源次郎のその言葉には、こずえ亡き後も、真田屋の屋台骨《やたいぼね》を自分が背負《せお》っていくつもりだという、強い決意が漲《みなぎ》っていた。

源次郎の胸の中でこずえは現在《いま》も生きていて、これから先もずっと生き続ける恐らく、これから先もずっと生き続けるに違いない。

そのとき、おりきはそんなふうに思っていたのだった。

一瞬漂《ただよ》った重苦しい空気を払うかのように、九兵衛が料理に話題を移した。

「おいおい、止《よ》してくれよ！　せっかく久し振りに立場茶屋おりきに来たというのに、そんなにしんみりとしてどうするってのよ！　真田屋、おまえさんはここに来るのは初めてなんだろう？　そりゃ、板頭の料理は茶会や婚礼で味わったかもしれないが、ここで頂く会席《かいせき》はまたひと味違うからよ！　何しろ、趣《おもむき》が違う。おまえさんも先付《さきづけ》の車海老《くるまえび》と生雲丹《なまうに》の煮凝《にこご》りには、あまりの美味《うま》さに思わず唸《うな》っていたではないか……」

「ああ、あれは美味かった！　車海老と生雲丹、三つ葉の取り合わせが彩《いろど》りもよく、口の中に入れると、つるりと寒天《かんてん》が溶《と》け、雲丹のまったりとした味と車海老のシコシコとした歯応《はごた》え……。それに、煮凝りの入った器《うつわ》がなんとも気の利《き》いていること！　夏らしく団扇《うちわ》を象った皿に入っているんだからよ」

吉右衛門が目を輝かせる。

「だろう？　会席には茶事懐石にはないまた別の良さがあるからよ。先《せん》から、あたしはおまえさんを是非にもここに連れて来たかったのよ」

源左衛門がまるで自分の手柄《てがら》でもあるかのように鼻蠢《おごめ》かせる。

「ちょい待った！　それについてはあたしにも言いたいことがあります。何故《なぜ》、これまであたしを誘ってくれなかったのですか？　立場茶屋おりきの料理は江戸一番と耳にはしていても、何しろここは一見客《いちげんきやく》を取らないことで評判なものだから高嶺《たかね》の花だったのだが、まさか、沼田屋さんや高麗屋さんがここの常連だったとはよ！　だったら、もっと早く紹介してくれればよいものを、源次郎がうちの養子婿にと決まって初めて、どこかに茶事懐石を頼むのであればここに限ると紹介してくれたのですからね」

吉右衛門が恨めしそうに源左衛門を見る。

「怒るな、怒るな……。別に他意《たい》があったわけではないのだ。ただ、あのときまで、おまえさんを紹介していないとは思っていなかったものだからよ」

「それが失敬《しっけい》だというのよ！」

「まあまあ、二人とも……。両家は今や親戚ではないか。その二人が揉《も》めてどうするのかよ！」

九兵衛が割って入ると、源左衛門と吉右衛門が顔を見合わせる。

「まっ、そういうことだ。済まなかったな」

「なに、気にすることはない」

「だがよ、ここに源次郎がいないのが残念だのっ」

「いや、誘ってはみたのだがな……。どうしても、現在《いま》はまだその気になれないらしくて……」

吉右衛門がつと顔を曇《くも》らせる。

「あいつ、茶事を終えてここに礼に来たときには、あんまし板頭の茶懐石に惚《ほ》れ込んだものだから、次は是非にも板頭ならではの料理を食べてみたく手薬煉《てぐすね》を引いて待っているとまで言ったのだがよ……。婚礼料理で板頭の料理を味わえたといっても、ここで食べる会席はまた一段と趣があり、これこそ巳之吉の料理といえるのによ……」

源左衛門も蕗味噌《ふきみそ》を嘗めたような顔をする。

ああ、そうだった……。

おりきも源次郎が祝言の祝膳を依頼に来たときのことを思い出す。

源次郎は巳之吉の料理を絶賛し、帳場に一瞬和やかな空気が漂ったのである。

この場にこずえがいたらどんなにか幸せであろうか……。

あのとき、おりきはそう思ったのであるが、現在《いま》は源次郎がこの場にいない。

恐らく、源左衛門はそのことを言っているのであろう。

「ほれ、またしんみりしちまった……。どれどれ、次は何が出るのかな？」

九兵衛がわざと明るい声で言うと、お品書《しながき》を手にする。

「先付の煮凝りと八寸《はっすん》を頂いたので、次は椀物《わんもの》か……。椀物は夏とあって、牡丹鱧《ぼたんはも》に管牛蒡《かんごぼう》、隠元《いんげん》、水引柚子《みずひきゆず》。続いて向付《むこうづけ》となり、鮪《まぐろ》に縞鯵《しまあじ》、蛸《たこ》の刺身《さしみ》……。なになに……、お凌《しのぎ》が鯛粽寿司《たいちまきずし》とあるが、女将、粽寿司とは？」

おりきはふわりとした笑《え》みを返した。

「その名の通り、粽《ちまき》の要領で笹の葉に鯛の押し寿司が入っていますの。形が粽というだけで、笹寿司《ささずし》と違いはありませんのよ」

「どうだえ、巳之吉は心憎《こころにく》いことをするではないか！　で、続いて炊《た》き合わせとなり、これが賀茂茄子《かもなす》の揚煮《あげに》に鮑《あわび》の柔《やわ》らか煮、焼南京《やきなんきん》含ませ煮……。ほう、茄子は揚げてから煮、南京は焼いてから煮るとな？　またまた手の込んだことを……。で、次の焼物《やきもの》が鮎《あゆ》の塩焼《しおやき》。強肴《しいざかな》がじゅんさいの酢物《すのもの》、鱶鰭《ふかひれ》の煮凝り、子持昆布水晶巻《こもちこんぶすいしょうまき》……。それから蒸物《むしもの》が冬瓜《とうがん》、小芋《こいも》、鰧《おこぜ》の酒蒸《さかむ》しとなり、最後が留椀《とめわん》、香《こう》の物、生姜飯《しょうがめし》……。と、まあ、こうなるわけだが、真田屋、驚くなかれ！　器も見事なら、盛りつけにも工夫が凝《こ》らしてあり、目でも舌でも存分に堪能《たんのう》できるって按配《あんばい》だからよ」

九兵衛が得意満面に、吉右衛門に目弾《めはじき》をしてみせる。

おりきはくすりと肩を揺《ゆ》らした。

「おやまっ、高麗屋さまがすべて説明して下さり、わたくしが話すことがなくなりましたわね」

おりきがそう言ったときである。

おうめとおきちが椀物と向付を運んで来た。

「では、ごゆるりとお召し上がり下さいませ」

おりきが頭を下げ、浜木綿《はまゆう》の間を辞《じ》そうとする。

と、源左衛門が思い出したように声をかけてきた。

「今、この娘《こ》を見て思いだしたんだが、ほれ、以前、あすなろ園で子供たちの世話をしていた……、誰だったっけ？　ほれ、海とんぼの娘で陽《ひ》に焼けた……」

「さつきですか？」

おりきは驚き、上げかけた腰を再び下ろした。

「そう、それだ！　さつきっていうのか……」

「さつきがどうかしましたか？」

「いや、先日、妙なところで姿を見かけてよ。と言っても、あたしが見たわけではなく、うちの手代が見たんだけどよ。その男はここに予約を入れるのに何度か来たことがあるもんだから、さつきという娘が子供たちの世話をしている姿を見かけたことがありましてな。で、そいつが言うには、襟白粉《えりおしろい》を塗《ぬ》り、紅《べに》で身を窶《やつ》していたのでまさかとは思ったが、面差《おもざ》しはここにいた女ごに違いないと……」

源左衛門の言葉に、おりきの胸がきやりと揺れた。

襟白粉に紅とは……。

「あたしは俄《にわか》には信じられなくてね。だってそうだろう？　あすなろ園で子供たちの世話をしていた女ごが、何ゆえ、浅草東仲町《あさくさひがしなかちょう》の水茶屋なんかに……。だから、手代《てだい》は見間違いか瓜割四郎《うりわりしろう》なのではないのか、と答えておいたのだが、さつきって娘は現在《いま》どうしている？」

「…………」

おりきは言葉を失った。

一体、なんと説明すればよいのだろう……。

さつきがあすなろ園の子守を辞《や》め、浅草の水茶屋に奉公に出されたのが、昨年の春のこと……。

長患《ながわずら》いだった海とんぼの父親《てておや》が亡くなると同時に、溜《た》まりに溜まった薬料《やくりょう》を皆《みな》にするために、少しでも給金の高い水茶屋奉公にと、母親が無理矢理さつきを連れ戻しに来たのだった。

が、そのとき、おりきはさつきの母親から、水茶屋といっても客に茶や菓子を提供するだけの、白茶屋《しらぢゃや》奉公と聞いていたのである。

しかも、その見世《みせ》は遠縁にあたり、さつきもその見世に奉公することを望んでいるとまで聞かされていたのである。

おりきは後で亀蔵からさつきは女衒《ぜげん》に連れて行かれたのだと聞き、愕然《がくぜん》とした。

まさか、そんなことになっていたとは……。

「おめえの太平楽《たいへいらく》なのには、呆《あき》れ返《けえ》る引っ繰り返《けえ》るだ！　立場茶屋おりきほど働きやすいところはねえというのに、誰が好き好んで浅草くんだりに鞍替《くらが》えするか？　水茶屋で茶汲女《ちゃくみおんな》をするくれエなら、ここで茶立女《ちゃたておんな》をしたっていいんだからよ。しかもよ、あの女ごは接客が苦手《にがて》で、客の前《めえ》に出るより子供たちの世話をするほうがいいと、自《みずか》ら子守を志願したような女ごだぜ？　そんな女ごが鞍替えするってこたァ、金のためとしか思えねえじゃねえか！　さつきはよ、裏茶屋《うらぢゃや》に女郎《じょろう》として売られていったんだよ！」

亀蔵は何故そのことに気づいてやらなかったのかと責め立てた。

が、何もかもが後の祭……。

その後、おりきはさつきの母親を訪ね、何故本当のことを話してくれなかったのか、どこの見世に売られていったのかと訊《たず》ねたのであるが、母親は何かに怯《おび》えているかのように硬く口を閉じ、放っておいてくれとおりきを追い返したのだった。

「まあな。何か事情があるんだろうて……。俺もよ、女衒に連れられたさつきを見かけたもんだから、このことを女将は知っているんだろうな、なんで相談しねえ、と聞いたんだが、あいつ、女将さんには言わないでくれ、このことは自分が決めたことなんだから、と言い張ってよ……。さつき自身がそこまで言うんだから、俺も手の出しようがなくてよ。まっ、酷《むご》いようだが、放っておくことだな。それに、ひと口に水茶屋といっても真っ当な白茶屋もあるんだからよ。ここはひとつ、あいつらの言うことを信じ、さつきは遠縁の白茶屋に奉公に上がったと思うことにしようぜ」

亀蔵が慰《なぐさ》めるように言ってくれ、それでやっと、おりきも心に折り合いをつけたのである。

だが、これまでさつきのことを気にしなかったわけではない。

息災《そくさい》でいるのだろうか、困ったことはないのであろうか……。

何かある度に、さつきのことが頭を過ぎった。

が、さつきがあすなろ園を去る際、困ったことがあればいつでも連絡をくれ、どんなことをしてでも駆けつけるから、と伝えておいたのだが、今日まで何も連絡を寄越《よこ》さなかったのである。

では、案外、新しい水に馴染《なじ》み、不足なく暮らしているのであろうか……。

おりきはそう思っていたのである。

「沼田屋さまの手代がさつきらしい女ごを見かけたというのは、浅草のなんという見世なのでしょうか？　その見世は、つまり、白茶屋ではなく……」

おりきが怖々《こわごわ》と源左衛門を窺う。

「白茶屋だって？　天骨もない。裏茶屋に決まってるだろうが……。それで、うちの手代も驚いたのだからね。さあて、なんて見世だったっけ……。東仲町の蔦《つた》……、蔦なんとかという見世なんだが、あたしには縁のない場所なんで失念《しつねん》してしまいましたよ。あっ、誤解してもらっては困りますよ。うちの手代がその見世にびり出入りをしたわけではないのですからね。たまたまその見世の前を通りかかったところ、客を見送りに出て来たその女ごと目が合ったというだけの話です。その女ご、うちの手代と目が合うや、さっと色を失い、狼狽《うろた》えたように背を向けたそうで……。その様子がとても見知らぬ者に見せる態度でなかったものだから、それで、あの女ごはあすなろ園にいた女ご……、と手代は思ったというのですよ。では、さつきはやはり浅草に？」

源左衛門がおりきに目を据《す》える。

「昨年の春、遠縁の白茶屋に茶汲女として奉公すると言い、あすなろ園から去って行きましたものですから、わたくしどもではてっきりさつきは白茶屋奉公をしているものと思っていましたの」

「女将、それが親が子を身売りさせるときの常套文句《じょうとうもんく》ってことを知らないのか！」

「常套文句……。そうなのですか……」

おりきが蒼白《そうはく》な顔をし、がくりと肩を落とす。

「なんだか、余計なことを言ってしまったようだ……。言わないほうがよかったかな？」

おりきはきっと顔を上げた。

「いいえ、言って下さり有難うございました。早速《さっそく》、手を廻し、さつきの行方《ゆくえ》を追ってみます」

「では、あたしも手代にその見世の名を確認しておきましょう」

「宜《よろ》しくお願い致します」

おりきは深々と頭を下げた。

「弱りやしたぜ、女将さん……」

達吉《たつきち》は帳場に入って来るなり、苦虫《にがむし》を嚙み潰《つぶ》したような顔をした。

鶴首《つるくび》の花瓶《かびん》に鉄線《てっせん》を活《い》けていたおりきが手を止め、達吉を見る。

「どうしました？」

「昨日雇ったばかりのおときって女ごが、もう辞めさせてくれと……。これで三人目だ。どの女ごも二日と続かねえんじゃ、おてちんでェ！　まったく、とめ婆さんときたら、まるで天敵《てんてき》でも睨みつけるような目をして、洗濯女のすること為《な》すことにいちいちけちをつけてよ……。汚《よご》れが落ちてねえ、糊《のり》のつけ方がどうのと洗濯に関することだけならまだしも、愚《ぐ》図《ず》だの間抜《まぬ》けだの、ででふく（醜女《しこめ》）だのと悪態《あくたい》の吐き放題で、あれじゃ、誰だって逃げ出したくなりやすよ。女将さん、なんとか言ってやって下せえよ」

達吉はそう言い、太息《ふといき》を吐いた。

「まあ、とめさんがそんなことを……。それで、現在《いま》、洗濯場はどうなっているのですか？」

「へえ、とめ婆さんの腰も随分とよくなって、現在《いま》じゃ動けなくもねえんで、糊づけとか鏝《こて》といったものは、婆さんが……。けど、踏み洗いや染《し》み抜き、物干《ものほ》しといったものには他人《ひと》の手を借りなきゃなんねえものだから、洗濯女が抜けた穴を相変わらず旅籠の女衆や榛名さん、キヲさんが助《す》けてるって次第《しでえ》で……。けど、二十六夜がいよいよ三日後に迫ってやすからね。このままでよいわけがありやせん」

おりきは怪訝《けげん》な顔をした。

新たに雇った洗濯女には、とめ婆さんが重箱《じゅうばこ》の隅《すみ》をつつくようにして難癖《なんくせ》をつけるというのに、女衆たちには文句も言わずに助《す》けさせるとは……。

「とめさんはうちの女衆が助《す》けることには文句を言わないというのですか」

おりきがそう言うと、達吉も訝《いぶか》しそうに首を傾《かし》げる。

「そう言われれば、そうでやすよね。はて、なんでだろう……」

旅籠の女衆の仕事は接客、配膳《はいぜん》、掃除といったもので、寧《むし》ろ、洗濯は不慣《ふな》れといってもよいだろう。

それが証拠に、とめ婆さんが腰を痛めて身動きが取れなかった三日ほどは女中たちが洗濯をしたのであるが、一見恙《つつが》なく仕事を熟しているように見えても、客にはその違いが判《わか》るとみえ、三日目、泊まり客を送り出そうとしたとき、常連客の一人がおりきの耳許で囁いたのである。

「洗濯女が替《か》わりましたかな？」

はっと、おりきは客の目を瞠めた。

「何かありましたでしょうか」

「いや、浴衣《ゆかた》の糊づけがいつもよりほんの少し硬く感じたのでな」

「それは申し訳ないことを致しました。以後、気をつけますのでお許し下さいませ」

「別に苦情《くじょう》というのではないのだが、糊づけには肌に丁度よい硬さというものがあってな。これまでここの浴衣は着やすくて大層気に入っていたものだからよ」

常連客はそう言って帰って行ったのだが、改めて、おりきはとめ婆さんの気扱《きあつかい》を見たように思った。

口は悪いが、とめ婆さんは自分の仕事に誇りを持っているのである。

それで、少し身体を動かせるようになったので仕事に復帰したいというとめ婆さんに、糊づけや鏝を委せることにしたのだった。

ところが、新たに洗濯女が入って来るや、とめ婆さんの態度が豹変《ひょうへん》したのである。

仕事を覚えさせるといって、踏み洗いから染み抜き、糊づけ、物干し、鏝当てまでを一人でやらせ、あら探しをしては悪態の吐き放題……。

どう考えても、いびっているとしか思えなかった。

「もしかして、とめ婆さんは新規に洗濯女を雇うことが不服なんでは……」

達吉が困じ果てたような顔をする。

「洗濯女を新しく雇うことは、とめさんに了解してもらっています。決して、とめさんが不要になったというわけではなく、ここはとめさんの家なのだから安心しているようにと……。解りました。では、もう一度話してみましょう」

「じゃ、呼んで来やしょうか？」

「わたくしが洗濯場に行ってもよいのですが、他の者が洗濯を手伝っているとすれば、やはり、ここに呼んでもらったほうがよいかもしれませんね」

「じゃ、すぐに……」

達吉が帳場を出て行く。

暫くして、達吉はとめ婆さんを連れて戻って来た。

おりきはとめ婆さんに取って置きの喜撰《きせん》を淹れてやると、腰の具合はどうですか？

と訊ねた。

「へえ、もうすっかり！　治ってみると、あれは一体なんだったのだろうかと、腰が痛かったことすら嘘のように思えて……」

「それは良かったですこと！　けれども、無理はなりませんよ。素庵さまにも脅《おど》されたでしょうが、とめさんの腰は永年酷使してきて、ぼろぼろの状態なのですからね。それに、肝の臓も決してよくはないのです。薬は飲んでいるのでしょうね？」

「へえ、そりゃもう……。言われたように、きちんと飲んでますよ。それで、あたしに説教とは……」

とめ婆さんが抉《えぐ》れた目で、おりきを見据《みす》える。

「説教だなんて……」

「あたしが新しく雇った女ごを次々にいびり出すとでも大番頭さんから言われたんでしょう？　あたしだって、別にいびりたくていびったわけじゃないんだ！　ただ、使い物にならないから、鳴り立てただけでさ……。あいつら、あちこちの見世を転々としてきて、口先と要領はいいが、仕事はからきしでさァ……。女将さんだって、ろくすっぽう仕事も出来ない女ごに金を払いたくないでしょうが！　第一、あたしは間違ったことを言っちゃいないんだ。正しいことを言われて辛抱できないような女ごは、とっとと出て行けばいいんだよ。どうせ、あいつら、すぐに次の見世に行くんだろうからさ。そりゃね、あたしが口の悪いのは認めますよ。けどさ、あたしにちょいと言われたからってすぐに逃げ出すようじゃ、根性が入っていないってことでさ。そんな女ごにいてもらっても困るんだ！」

とめ婆さんは皮肉な嗤《わら》いを口許《くちもと》に湛《たた》えた。

「けどよ、そんなおめえが、なんでうちの女衆には悪態を吐かねえ？　おかしいじゃねえか。別に、あいつらが洗濯に長《た》けてるってわけでもねえのによ」

達吉がとめ婆さんの顔を覗き込む。

とめ婆さんは、ふン、と鼻で嗤った。

「そりゃ、あいつらは立場茶屋おりきの家族だからさ。家族は助け合い、支え合って生きている……。それが女将さんの口癖《くちぐせ》だからね。事実、あたしが腰を痛め、本来なら自分の仕事ではないことをあいつらは助《す》けてくれてるんだ。文句を言うどころか、感謝しなくてはならないからさ。けど、新しく来た女ごたちは違う！　ここが駄目なら次の見世にといった連中ばかりで、一所《ひとところ》に腰が落着かない……。そんなのは家族じゃないからね。だから、あたしは言いたいことを言わせてもらったんだ。それのどこが悪い？」

とめ婆さんが不貞《ふて》たように、天井《てんじょう》を睨みつける。

「とめさんの言っていることはよく解りました。けれども、二十六夜が迫っています。そうなると、女中たちは応接に暇《いとま》がないほどの忙しさとなり、とめさんを助《す》けるわけにはいかなくなります。それに、新しく女《ひと》を育てるということも考えなければなりません。新規に雇った女《ひと》をもう少し長い目で見てやるわけにはいきませんか？　とめさんが追い出した女ごの中に、もしかすると、先々よい洗濯女になる女《ひと》がいたかもしれないのですよ」

おりきがそう言うと、とめ婆さんは、はン、と鼻でせせら笑った。

「いるもんか！　女将さん、あたしが何年遊里で生きてきたと思います？　飯盛女《めしもりおんな》だった頃はともかくとして、遣手となってからは人を見る目だけは肥《こ》えてきたからね。これまでやって来た女ごの中に、根性の据わった女ごは一人もいなかった……。あいつらは決して立場茶屋おりきの家族にはなれないんだよ！　女将さんは洗濯女は客の前に出すのじゃないから、身体さえ丈夫なら誰にでもやれると思ってるんだろう？　だから、女中や茶立女を雇うときには直接逢《あ》って品定《しなさだ》めをするくせして、洗濯女には逢おうともしない！　それで判らないんだろうが、根性が据わっていて、洗濯することに意義を感じるような女ごでないと務まらないんだよ」

ああ……、とおりきは目から鱗《うろこ》が落ちたような想いであった。

これほどまで、とめ婆さんが洗濯女としての矜持《きょうじ》を持っていたとは……。

肌に丁度よい糊の硬さ……。

とめ婆さんは客が満足してくれることを悦びとして、日々、洗濯をしているのであろう。

と同時に、汗顔《かんがん》の至《いた》りでもあった。

女将さんは洗濯女は客の前に出すのじゃないから、身体さえ丈夫なら誰にでもやれると思ってるんだろう？　だから、女中や茶立女を雇うときには直接逢って品定めをするくせして、洗濯女には逢おうともしない！

とめ婆さんの言葉は、胸にぐさりと突き刺さった。

まさに、その通りだったのである。

「とめさん、わたくしが浅はかでした。謝ります」

おりきは素直に頭を下げた。

達吉が慌てる。

「女将さんが謝るこたァありやせんよ！　そりゃよ、とめ婆さんの言うことにも一理《いちり》ある。けどよ、だからといって、このままでは困るんだ。おう、とめ婆さんよ、それだけ偉そうなことをほざくのなら、おめえが誰か探してきな！　洗濯女として育て甲斐《がい》のある女ごを探してくるというのなら、俺《おり》ャ、文句を言わねえが、心当たりもねえのに偉そうなことを言うもんじゃねえや！」

達吉が気を苛《いら》ったように鳴り立てる。

が、とめ婆さんは平然としたもので、顔色ひとつ変えようとしない。

「心当たりがないこともないがね……」

えっと、おりきと達吉は顔を見合わせた。

「ないこともねえって……。えっ、誰でェ！」

「そうですよ。とめさんが太鼓判《たいこばん》を押すのであれば間違いないでしょう。で、一体、誰なのですか？」

とめ婆さんはちょいと首を竦《すく》めると、おまえたちの知ってる女ごさ、と答えた。

「わたくしたちが知っている女《ひと》とは……」

「誰なんでェ……。焦《じ》らさねえで言ってくんな」

「あすなろ園で子守をしていた、さつきさ……」

あっと、おりきも達吉も息を呑《の》んだ。

「さつきといっても、おめえ……」

「とめさんもさつきがここを辞め、浅草の水茶屋に奉公に上がったことを知っているでしょうに……」

達吉とおりきが口々に言う。

「知ってるさ。けど、奉公だなんて天骨もない！　さつきは二十両で女衒に売られたんだからさ」

とめ婆さんは仕こなし顔に言った。

「何故、それをとめさんが知っているのですか？」

「あたしが物干し場で敷布《しきふ》を干していると、さつきのおっかさんがやって来てさ。裏庭にさつきを呼び出し、おとっつァんの溜まった薬料を払わなきゃならないし、網元《あみもと》から借りていた舟の修理代も払わなきゃならない、おまえが身売りしてくれないことには家族が立行《たちいき》していけない、おまえは姉弟《きょうだい》の中では年嵩《としかさ》なんだから家族のために犠牲になってくれなきゃ困る……、とそう説得してるじゃないか！　さつきはそれでも嫌《いや》がってたよ。そうしたら、なんと、おっかさんが遂に殺し文句を吐いてさ。おまえも知っているだろうが、おまえはおとっつァんが余所《よそ》の女ごに生ませた娘で、おまえを産《う》んですぐにその女ごが死んだというから可哀相《かわいそう》に思って引き取り今日まで育ててきたが、長患いの末、おとっつァんが死んじまったんだから、今後はおまえがあたしや弟たちに恩を返す番じゃないかって……。まあ、そんなことを言ってさ。さつきには返す言葉がなかったよ。あたしは敷布の蔭に隠れてその話を聞いていたんだが、余計な差出《さしで》をしても仕方がない……、人には生まれ持った宿命《さだめ》というものがあるからさ。このあたしだって、元はといえば水呑百姓《みずのみびゃくしょう》の娘……。家族を助けるために女衒に売り飛ばされたのが、十二歳のときだからね。だから、可哀相だが、さつきもその宿命には逆らえないだろうと思ってたんだよ。けどさ、此《こ》の中《じゅう》、さつきのことが頭《す》から離れなくてさ……。あたしは元々負けん気が強かったが、人前に出るのを苦手としたあの口重《くちおも》なさつきに、てめえの身体を金に換《か》えるような立行が出来るだろうかと思ってさ……。あの娘《こ》はさァ、ここにいる頃から、子供たちに接しているときが一番幸せだと言ってたんだよ。時折、手が空《す》いたら、あたしの洗濯を手伝ってくれてさ。そのとき、言ってたよ……。子供たちが相手だと素直に心を通わせることが出来るが、大人が相手だとそうはいかないって……。そう、洗濯も好きだと言ってね。心を込めれば込めるほど綺麗《きれい》に汚れが落ちていき、お客さまが悦んでくれると思うと、こんな小さな縁の下の力持ちのような仕事でもやり甲斐があるって……。さつきはそんな娘《こ》なんだよ。あたしは遊里に身を置いた女ごだけに、さつきのことを思うとこのままにしていてはいけないと思えてきてさ……。女将さん、さつきを捜《さが》し出して下さい！　あの娘《こ》をここに連れ戻して下さいませんか？　さつきの身の代《しろ》はあたしが出します。だから、是非……」

とめ婆さんが縋《すが》るような目で、おりきを瞠める。

「連れ戻すといったって……。第一《でえいち》、さつきはどこに売られていったのか判らねえんだぜ？」

達吉がそう言うと、おりきが、いえっ、と首を振る。

「判るかもしれません。実は……」

おりきが沼田屋源左衛門から聞いたことを話す。

「じゃ、さつきは浅草東仲町の蔦なんとかという見世にいるんだね？　済んません。明日、一日暇を下さい。行って捜してきます」

とめ婆さんが甲張《かんば》ったように言う。

「それには及びません。沼田屋さまが手代を質《ただ》し、見世の名を調べて下さっています。とめさん、ここはわたくしに委せて下さい。さつきのことは立場茶屋おりきが責任を取らなければなりません。さつきはうちの家族です。それなのに、あのとき、よく調べもしないで母親の言葉を鵜呑《うの》みにしてしまったのは、わたくしなのですから……。見世の御亭《ごてい》に逢い、きっちり渡引《わたりひき》をしてきますので、とめさんは安心して待っていて下さいな」

「いや、それじゃ駄目なんだ。あたしに身の代を払わせて下さいな。それに渡引をするにしても、ああいった手合いは海千山千《うみせんやません》のかませ者ですからね。女将さんのような素人《しろうと》が相手となると、うそりうそりと惚《とぼ》けるだけで埒《らち》が明かない！　その点、あたしは永年遣手婆をしてきた女ごですからね。身の代を吹っかけてきたとしても、そうは虎《とら》の皮！　それに、これまであたしは金がすべてと貯め込んできたんだ。それもこれも、働けなくなったときのことを思ってのことなんだが、女将さんは老いて働けなくなっても、ここに置いてくれると言って下さったんだ……。そうなりゃ、金を持っていたって使いようがないからさ。せめて、さつきのために使わせて下さいな。ううん、さつきのためじゃないんだ。あたしのためなんだよ。あたしはさつきを引き取り、ここで一人前の洗濯女に仕込んでみせる！　その生き甲斐が貰《もら》えたんだもの、こんなに嬉しいことはないんだよ。ねっ、だから、さつきのことはあたしにやらせて下さいな」

　とめ婆さんが食い入るようにおりきを瞠める。

「解りました。とめさんの気がそれで済むというのであれば、そう致しましょう。さつきもそのほうが悦ぶかもしれません」

「あっ、そういうことか……。さつきがとめ婆さんの世話になったからには、恩を感じなきゃなんねえ……。そうなりゃ、とめ婆さんとさつきの絆《きずな》がより強くなり、実の祖母と孫の関係、師匠と弟子ってことにもなるんだからよ。それに現在《いま》ではとめ婆さんには身寄りがねえし、おとっつァんに死なれたさつきにも身寄りはねえにも等しい……。二人は離れがてェ絆で結ばれるってことなんだよな？」

達吉が納得したように頷《うなず》いてみせる。

とめ婆さんはやれと安堵したように息を吐いた。

「では、明日一日、勝手をさせてもらいます」

「それは構わないのですが、とめさん一人で行くつもりですか？　亀蔵親分に同行してもらうように頼んでみましょうか？」

「ああ、それがいいかもしれねえ。とめ婆さんがいくら遣手といっても、女ごだからよ。親分が一緒なら、相手もまさか業晒《ごうさらし》なことはしねえだろうからよ」

「では、早速、末吉に高輪《たかなわ》まで走らせて下さいな。今日のうちに打ち合わせをしていたほうがよいと思いますので……」

おりきがそう言ったときである。

「入《へえ》るぜ！」

玄関側から声がかかり、障子《しょうじ》がするりと開いた。

噂《うわさ》をすれば影が差す……。

なんと、亀蔵親分ではないか……。

「たまげたぜ！　まさに地獄耳《じごくみみ》とはこのことでェ……」

達吉が目をまじくじさせる。

「なんだって？　誰が地獄耳だというのよ。おっ、おめえら、悪口を言ってたんだろう！」

「悪口だなんて、滅相もありませんわ。いえね、ちょいと相談事があったものですから、今、末吉に親分を呼びにやらせようと思っていましたのよ」

おりきがくっと肩を揺する。

亀蔵は長火鉢《ながひばち》の傍に寄って来ると、どかりと胡座《あぐら》をかいた。

「なんでェ、相談たァ……」

そう言い、その場にとめ婆さんがいるのに気づき、驚いたような顔をする。

「おっ、おめえ、腰はもういいのかよ」

とめ婆さんは照れたように肩を竦めた。

「実は、相談とは、とめさんに関係していることなのですがね」

おりきはそう言い、茶の仕度を始めた。

久し振りに見るさつきは、あすなろ園で子供たちの世話をしていた頃に比べると、ひと廻りも身体が細くなっていた。しかも、日焼けして浅黒かった肌は青白く沈んでみえ、その分、襟白粉や紅が毒々《どくどく》しく浮き上がってみえる。

全体に暝《くら》く沈んで見えるのは、恐らく、心までが塞がれているせいだろう。

「ほう……、婆さんが菖蒲《あやめ》を身請《みうけ》してェと？　こりゃ、夜鷹《よたか》びっくり土竜《もぐらもち》、土竜びっくり夜鷹の屁《へ》！　とは言え、渡りに舟たァこのことでェ……。正な話、この女ごは手にも脚《あし》にもいかなかったのよ。いくらかでも華《はな》やいで見えるようにと明るめの衣装を身に着《つ》けさせ、紅を差してみたところで、じょなめいた仕種《しぐさ》のひとつ見せるわけでもねえし、仏頂面《ぶっちょうづら》をしくさってよ！　こんな辛気臭《しんきくせ》ェ女ごには、客が寄りつこうともしねえ……。と言っても、下手物《げてもの》好きの客がいねえこともねえんだが、なんせ、ここに来て一年以上になるというのに、菖蒲を指名した客は十人にも満たねえときた……。

とんだ穀潰《ごくつぶし》もいいところ！　いかに大束《おおたば》な俺とは言え、ただ飯を食わせているわけにはいかねえからよ。近日中にも羅生門河岸《らしようもんがし》に売り飛ばそうかと思っていたところなのよ」

とめ婆さんがさつきを身請したいと切り出すと、蔦竜《つたりゆう》の御亭はぼた餅《もち》で叩かれたような顔をした。

が、とめ婆さんの背後に亀蔵親分が控えているのを認めるや、途端に、言いすぎたとでも思ったのか、へへっと首を竦めた。

「ああ、そうかえ。じゃ、話は早い。で、身の代はいかほどだえ？」

とめ婆さんが御亭をじろりと睨《ね》めつける。

「そうさな……。早ェ《はえ》話、羅生門河岸には三十両で渡《わたり》をつけようと思ってたんで、三十両払ってもらおうか」

「おかっしゃい！　てんごう言うのも大概にしてくんな。あたしゃ知ってるんだよ！　さつきが二十両で身売りしたことを……。間に女衒が入ったんで、いくらかは上乗《うわの》せしただろうが、おまえがさつきの身体に三十両も払うわけがない！　せいぜい、二十二、三両がいいところでさ。それに、お茶をひく日が多かったにせよ、さつきは一年以上もこの見世にいたんだ。まったく稼《かせ》がなかったとは言わせないよ！　それになんだよ！　明るめの衣装を着けさせたって？　ふン、こんな安っぽい古手屋《ふるてや》の吊《つる》しを着せてさ。見なよ、さつきは別人かと思えるほどに窶れちまったじゃないか！　大方、残り物しか食わせていなかったんだろう？　どうやら、おまえは知らないようだが、あたしゃ、南駅《なんえき》（品川宿）で切っても血が出ないと懼《おそ》れられた遣手婆だ。他の者は騙《だま》せても、このあたしは騙せないからね！　嘘だと思うのなら、亀蔵親分に訊いてみな。ねっ、親分、そうだよね？」

とめ婆さんが亀蔵に目をやる。

「ああ、違《ちげ》ェねえ。この婆さんを怒らせたら怖《こえ》ェからよ。心しとくんだな！」

亀蔵が仕こなし振りに相槌《あいづち》を打つ。

とめ婆さんはしてやったりといった顔をして、続けた。

「通常、遊女の年季は十年だ。おまえは女衒に二十二両ほど払ったかもしれないが、さつきはここに来て一年と四月《よつき》……。となると、残りは十九両と三分ってとこだが、おまえが大束な男というのなら、あたしはもっと上手《うわて》でさ。ああ、二十両払おうじゃないか！　嫌だとは言わせないよ。鞍替えの手間が省《はぶ》けただけでも感謝してもらいたいいね。ねっ、親分、あたしゃ、決して無茶を言っちゃいませんよね？」

「どこが無茶かよ。ああ、上等だ！　俺に言わせりゃ、二十両も払うこたァねえんだ。

せいぜい、十八か十九……。とは言え、とめ婆さんは竹を割ったような性分《しょうぶん》だからよ。有難《ありがて》ェと思ったら、それで手を打つこった！」

亀蔵がわざとらしく腰に手を当てる。

三尺帯《さんじゃくおび》に挿《さ》した十手がきらりと光る。

御亭は引き攣《つ》ったような笑みを、頬に貼りつけた。

「へっ、ようがす。それで手を打ちやしょう」

とめ婆さんが鼻柱《はなばしら》に帆《ほ》を引っかけたような顔をして、胸の間《あわい》から袱紗《ふくさ》包《づつ》みを取り出す。

「数えてくんな。きっちり二十両あるはずだ」

御亭は小判を数えると、へっ、確かに……、と言い、金箱の中から証文《しょうもん》を取り出した。

「けど、菖蒲を身請してどうするつもりなんで？」

御亭が訝しそうな顔をする。

「婆さんが遣手ってことは、南駅で飯盛女にでもするつもりかえ？」

とめ婆さんは、はン、と鼻で嗤った。

「莫迦も休み休み言いな！　あたしゃ、とっくの昔に脚を洗ったんだ。それに、この娘《こ》は二度と流れの里（遊郭）には置かないからさ。さつきはさァ、上に莫迦がつくほどの正直者で、無垢《むく》なんだ。これからは真っ当な道を歩ませ、他人《ひと》のためになる生き方をさせるんだよ！」

「ほう……。菖蒲が莫迦正直なのは認めるが、他人《ひと》のためになる生き方とは……」

御亭が狡《こす》っ辛《から》そうな嗤いを見せる。

どうやら、他人《ひと》のためになる生き方というのであれば、男の前で身体を開くのも同じではないかとでも言いたげである。

とめ婆さんがカッと目を剝《む》く。

「おまえには百万遍《ひゃくまんべん》説明したところで、解りはしない世界でさ！　それに言っておくが、菖蒲、菖蒲って、そりゃなんだえ？　身の代を払い、証文を返してもらったからには、菖蒲という女ごはもういないんだ。この娘《こ》にはさつきという歴《れっき》とした名前があるのを忘れてもらっちゃ困るよ！　さっ、さつき、帰ろうか。立場茶屋おりきの仲間が待ってるからさ」

とめ婆さんがさつきに笑みを送る。

それまで怯えたように肩を丸めていたさつきが顔を上げる。

どうやら、まだ信じられないようである。

「あたし……、あたし……、本当に品川に帰れるんですか？」

「ああ、そうだよ。おまえも今見ただろう？　もう、おまえには借金なんてないんだ。これからは堂々と胸を張って、また立場茶屋おりきの仲間と一緒に働こうな？」

「でも、このことをおっかさんは……」

「おっかさんだって？　娘を女衒に売り飛ばすような女ごがおっかさんなんかであるもんか！　さつきは女衒の手に渡ったときから、あの女ごとは縁が切れてるのさ。だから、今後は自分のことだけを考えて生きていけばいいんだよ……。さつきの家族は立場茶屋おりきの仲間なんだからさ！」

「そういうことだ。じゃ、こんなところに長居《ながい》は無用だ。おっ、とめ婆さん、さつき、帰《けえ》ろうじゃねえか」

亀蔵がむんずと立ち上がる。

御亭にはもう何も言うことがないとみえ、戸惑《とまど》ったように世辞《せじ》笑《わら》いをしてみせた。

東仲町の蔦竜を出た三人は、広小路《ひろこうじ》に出ると雷門《かみなりもん》へと歩いて行った。

そろそろ九ツ（正午）になるのであろうか、とめ婆さんの腹の蟲《むし》がクウとくぐもった音を立てる。

とめ婆さんは亀蔵に目をやった。

「雷門で四ツ手（駕籠《かご》）を拾おうと思ってたが、浅草で中食《ちゅうじき》を済ませていこうじゃないか！　なっ、さつき、おまえもひだるく（空腹）なっただろう？　まずは腹中《ふくちゅう》満々《まんまん》にして、それから古手屋を覗いてさつきの着物を買おうじゃないか。こんなでれした着物《べべ》を着てたんじゃ、門前町《もんぜんちょう》に連れて帰れないからさ」

「おっ、それがいい。俺も四ツ（午前十時）の小中飯《こじゅうはん》を食いそびれちまったもんだから、空腹《からはら》でよ。と言っても、俺ャ、浅草は疎《うと》くってよ。一体《いってえ》、どこに行ったらいいのか……」

亀蔵が四囲《しい》に目を配《くば》り、思案顔《しあんがお》をする。

「あたしに委せときな！　いい見世を知ってるからさ」

とめ婆さんが大川橋《おおかわばし》に向けてスタスタと歩いて行く。

そうして橋詰《はしづめ》まで来ると花川戸《はなかわど》へと折れ、川沿いの道を暫く歩き、河岸道《かしみち》の茶店へと入って行く。

「奥の座敷は空《あ》いてるかえ？」

とめ婆さんは茶汲女にそう言うと、勝手知ったるとばかりに、床几の並んだ土間席の脇をすり抜け、奥座敷まで進んだ。

「さっ、お坐り。ここは鰻《うなぎ》が美味いんだよ。だが、その前に、親分には酒と肴《さかな》だ。今日はあたしの奢《おご》りだから遠慮しないでどんどん注文しておくれ！」

とめ婆さんが飯台《はんだい》の上に置かれたお品書を亀蔵に手渡す。

「おっ、昼間っから酒かよ。だが、今日はさつきの再出発を祝う目出度《めでて》ェ日でもあるんだよな？　じゃ、一杯《いっぺえ》だけ馳走《ごち》になるとしようか」

「じゃ、鰻重《うなじゅう》は酒の後からってことで、肴はあたしに委せてくれるかえ？」

とめ婆さんがお品書を手にすると、小女《こおんな》が注文を取りに寄って来る。

「剣菱《けんびし》を二本ね。それから、焼き大根《だいこん》。こいつが美味いんだ……。一度食べたら病《や》みつきになること間違いなし！　それから鮪納豆《まぐろなっとう》、三白鍋《さんぱくなべ》、甘鯛《あまだい》の昆布《こぶ》締め、茄子と里芋の田楽《でんがく》、最後に鰻重を三人前だ」

とめ婆さんが小女に次々と注文を通すと、亀蔵が慌てる。

「おい、婆さん、いかになんでも、それじゃ多すぎるぜ！」

「親分、あたしを見掠《みかす》めてもらっちゃ困るよ！　滅多《めった》に他人《ひと》に振る舞うことのないあたしが馳走《ちそう》しようってんだ。吝嗇《けち》な真似《まね》はしたくないんでね。あっ、ねえさん、三白鍋も三人前にしておくれ！」

とめ婆さんは小女にそう言うと、亀蔵に目まじしてみせた。

「三白鍋ってのを食ったことがあるかえ？」

「いや、食ったことがあるような、ねえような……。なんでェ、そいつァ……」

「蛤《はまぐり》に豆腐《とうふ》、鱈《たら》とどれも白い色をしているだろう？　そいつを昆布出汁《こんぶだし》で煮て、長葱《ながねぎ》の入った浸《つ》けダレに浸して食べるんだ。濃厚《のうこう》な味がして、これぞ頬っぺが落ちそうな味でさ！　あたしは前に一度だけ食べたことがあるんだが、あの味がどうしても忘れられなくてさ……。それに、焼き大根！　これがまた絶品でさ。まず以て、大根を焼くって、ちょいと信じられないだろう？　大根は生《なま》で食べるか煮つけるからさ。ところが、輪切りにした大根をじっくりと弱火で焼いてさ、その上に下ろし大根と削《けず》り節、葱の小口切りを載《の》せて醤油《しょうゆ》をかけて食べるのさ。まあ、ひと口食ってみな？　焼いた大根の芳《こう》ばしさに下ろし大根が口の中で混ざり、得《え》も言われぬ妙味《みょうみ》なんだからさ！」

とめ婆さんが抉れた目を輝かせる。

酒が運ばれて来て、鮪納豆、甘鯛の昆布締め、茄子と里芋の田楽が飯台の上に並ぶ。

「ささっ、どうぞ。親分にはご足労を願い、済まなかったね。さつき、おまえも一杯ならいいだろ？　祝酒《いわいざけ》だもの、お上がりよ」

とめ婆さんが亀蔵とさつきの盃《さかずき》に酒を注《つ》ぐ。

「では、婆さんには俺が……」

三人は盃を手にすると、互いに目を瞠め合い、ぐいと空ける。

「まずは目出度《めでた》し、目出度し！　おっ、さつき、良かったな」

「さつき、お帰り！」

「……………」

さつきの目にわっと涙が盛り上がる。

「あたし……、あたし……、なんて言ったらいいのか……」

「何も言わなくていいのさ。言うとすれば、ただいま……。いや、そうじゃねえ。とめ婆さんに礼を言うんだな。此度のことはすべてとめ婆さんが計《はか》らってくれたんだからよ」

「えっ、とめさんが……。とめさんが二十両払って下さったんですか！」

「ああ、そうだ。女将さんがおめえを連れ戻しに来ると言ったのを、是非にもその任《にん》を自分にと言い張り、二十両もとめ婆さんがこれまで貯めてきた金から払ったのよ」

「親分、誰が金を払ったかなんて、今ここでいうことじゃないだろうに！　さつき、気にすることはないんだよ。老い先短いあたしには使い道のない金だ。おまえのために使うことが出来て、これほど嬉しいことはないんだからさ。そんなわけで、あたしはおまえに恩を着せようとは思っていない……。だから、安心しておくれ」

「とめさん、済みません！　有難う。本当に有難うございます」

さつきが畳《たたみ》に手をつき、深々と頭を下げる。

「止しとくれよ！　さあ、食べようじゃないか」

とめ婆さんが照れたように箸を取ると、田楽を口に運ぶ。

「ほれ、さつき、鮪納豆を食ってみな。美味いよ。烏賊《いか》と納豆の組み合わせもいいが、鮪とはまた格別相性がいいからさ！」

続いて、三白鍋と焼き大根が運ばれてくる。

亀蔵は小鉢《こばち》に豆腐と鱈、蛤を取り分け、出汁を口に含むと、でれりと相好《そうごう》を崩《くず》した。

「なんとこってりとした味ではねえか！　こりゃ、浸けダレに浸けなくても結構いけるぜ！」

そうして、焼き大根へと箸を進める。

焼いた大根のサクッとした歯応えに、下ろし大根、削り節、葱の香りと味が加わり、成程、これは妙味ではないか……。

しかも、焼いた大根は甘いのに、下ろした大根にはピリッとした辛みがあり、その融合《ゆうごう》がなんとも堪らない。

「とめ婆さんよ、こりゃ絶品だぜ！　早速、おさわに報告し、八文屋《はちもんや》でも品書に加えるように言っとくぜ」

とめ婆さんが満足そうに目を細める。

が、どうしたことか、さつきの箸が止まっているではないか……。

「さつき、どうした、食わないのかえ？」

とめ婆さんがさつきの顔を覗き込む。

さつきはつと俯《うつむ》いた。

「胸が一杯で……。とめさんがあたしのためにここまでして下さっても、あたしには何も返すことが出来ない……。蔦竜でも穀潰だの木偶《でく》の坊《ぼう》と誹《そし》られ、邪魔《じゃま》者扱《ものあつか》いにされました。あたしは人前に出るのが恥ずかしいほどので、でくのぼうだし、なんの才能もないんです。せいぜい、子供たちの世話をすることしか出来ないあたしが、これから先、とめさんのために何が出来るだろうかと思うと、申し訳なくて……」

とめ婆さんが箸を置き、さつきを睨めつける。

「莫迦なことを言うもんじゃない！　あたしはおまえに何かしてほしくて救い出したんじゃないんだ。実はさ、一年前、おまえが裏庭でおっかさんから身売りを迫られていたとき、あたしはすぐ傍にいてさ。洗濯物を干していてたまたま耳に入ったんだが、あのとき、あたしは他人事《ひとごと》のように聞き流し、何もしようとしなかった……。けどさ、あたしは永いこと海千山千の世界に身を置いてきたからね。さつきがこの世界で生きていけるわけがないと、あれからずっと、おまえのことが気懸《きが》かりでならなかったのさ……。何故、あのとき、薬料やおとっつァんが遺《のこ》した借金をあたしが肩代《かたが》わりしてやるから、おまえを女衒の手に委《ゆだ》ねるんじゃないと言い出せなかったのかと悔やまれてならなくてさ。それにさ、少し前に、あたしが腰を痛めちまってさ……。旅籠の女衆に随分と迷惑をかけちまい、女将さんからも新たに洗濯女を雇おうかって話が出たんだよ。早い話、あたしは洗濯女としてあまり先が永くないってことでさ。幸い、腰のほうは大したことなく、再び仕事に復帰することが出来たんだが、そろそろ後継者を育てなくては先が続かない……。それで、流しの雇人《やといど》（臨時雇い）を雇うより、この際、さつきを呼び戻し洗濯女として育てたいと申し出たんだよ」

「あたしがとめさんの後継者に……」

「だって、おまえ、言ってたじゃないか。自分は口下手で人前に出ることは苦手だが、子供たちが相手だと素直に心を通わせることが出来るって……。確か、洗濯も好きだと言ってたよね？　心を込めれば込めるほど綺麗に汚れが落ちるし、お客さまが悦んでくれると思うと、こんな小さな縁の下の力持ちのような仕事でもやり甲斐があるって……。その言葉を聞いて、あたしがどれだけ嬉しかったか！　あたしの想いをこんなにも解ってくれているのだと思うと、後継者はおまえしかいないと思ってさ。それにさ、現在《いま》、あすなろ園には貞乃さまの他に、榛名さんや茶屋の板頭の女房キヲさんがいてくれてね。子供たちの世話は三人でやってくれているんだよ。だから、おまえは今後あたしの下で洗濯女として生きていけばいいんだよ。そうだ、二階家のあたしの部屋であたしと一緒に寝泊まりすることにしようよ！　以前、おまえは猟師町《りようしまち》の家から通って来ていたが、あのおっかさんとはもう縁が切れ、これからはそういうわけにはいかなくなったんだ……。それに、あたしはといえば相変わらず口は達者《たつしや》だが、なんせ、歳が歳だしさ。さつきが傍にいてくれると心強いんだよ」

亀蔵がへへんと嗤う。

「婆さんよ、この前《めえ》のぎっくり腰がよっぽど応えたとみえるな……。まっ、そういうわけでよ。さつきが戻って来て婆さんの仕事を引き継ぐってことは、さつきのためにも婆さんのためにもなるってことでよ！　さつきに恩を返《けえ》してェという気があるのなら、せいぜい、実の祖母《ばあ》さんだと思い尽くしてやるこった」

さつきが目を上げる。

「解りました。あたしもとめさんから洗濯のことを教えてもらえると嬉しいです。やっと、あたしにも役に立つことが出来るんだもの……。けど、あたし……、すっかり身体が穢《けが》れちまって……。どんな顔をして女将さんや子供たちの前に出ればよいのか……」

とめ婆さんがきらりと目を光らせる。

「てんごう言っちゃいけないよ！　男の手に揉まれ、身体が穢れたから恥ずかしいだって？　おまえは自ら望んでそうなったわけじゃないだろうに！　義理のおっかさんや弟の立行を思い、泣く泣く犠牲になったんじゃないか……。堂々と胸を張ってりゃいいのよ。おまえね、このあたしの身体を何人の男が通り過ぎていったと思う？　あんまし多すぎて数え切れないほどなんだ。誰の子か判らない子を孕《はら》んだこともあれば、産んだ子を我が腕の中で殺したこともある……。それでも、あたしは生きてきたんだ。自ら果てる道もあっただろうが、そうしたのでは、腕の中で死んだ子に済まないと思ってさ……。わざと殺したわけじゃないが、あのときのあたしは逃げることに夢中で、赤児《やや》の鼻が塞がれていることに気づかなかったのだから、やっぱり、あたしが殺したのも同然なんだよ。だからこそ、あたしは生きようと思った。死んでしまったほうがどれだけ楽だったか……。それでも、生きて茨道《いばらみち》を歩くことをあたしは選んだんだよ。

そうしなければ、死んだ子に罪を贖《あがな》えないような気がしてさ。それを思うと、さつきの穢れなんて……」

亀蔵も割って入ってくる。

「さつきよ、俺たちゃ皆、心に某《なにがし》かの疵《きず》を抱え、支え合いながら生きていってるのよ。誰がおめえを穢れたと思おうかよ」

亀蔵がそう言ったときである。

鰻重が運ばれてきた。

「おっ、これこれ！」

「肝吸《きもすい》つきだぜ。そう言ャ、土用《どよう》の入りが近《ちけ》ェんだよな」

「さっ、さつき、お上がりよ。腹がくちくなってみな？　くしくしいしたことは吹っ飛んじまうからさ！」

とめ婆さんがお重の蓋《ふた》を開け、嬉しそうに頬を弛める。

「おっ、さつき、山椒《さんしょう》を取ってくんな！」

亀蔵に言われ、ようやく、さつきの頬にも安堵の色が戻ったようである。

茶店を出た三人は、再び、広小路に向かって歩いて行った。

が、とある蕎麦屋《そばや》の前まで来ると、とめ婆さんはふと脚を止めた。

「あたしがさっきの茶店に案内したのは何故だと思う？」

そう言い、亀蔵とさつきを窺う。

「いや、さっぱり解らねえが……。とめ婆さんの馴染みの見世じゃねえのかよ」

「馴染みってほどじゃ……。いえね、死んだ善爺《ぜんじい》が先代の女将さんに出逢ったのが、さっきの茶店でね。小間物屋の入り婿だった善爺が手慰《てなぐさ》みに嵌《はま》り、当時十五歳だった幼妻《おさなづま》を借金の形《かた》に取られた……。幼妻は五町《ごちょう》（新吉原）に売られて行くことになったのだが、散茶舟《さんちゃぶね》が山谷堀《さんやぼり》に差しかかったところで堀に身を投じ、それきり行方が解らなくなったというんだよ。それを聞いた善爺は自分を責め続け、来る日も来る日もこの界隈《かいわい》を捜し歩いた……。当然、食うにも事欠《ことか》いていたんだろうさ。そんなとき、先代の女将さんにあの茶店で拾われたというんだよ。女将さんが床几に腰かけていたところ、床几の下からそろりと手が伸びてきて、皿の草餅《くさもち》がすっと消えてさ……。茶汲女がそれを見咎《みとが》めて騒ごうとしたところを、女将さんが何か事情があるのだろうから と善爺を蕎麦屋に誘い、話を聞いてやったそうでさ。その蕎麦屋ってェのが、ここなんだよ……。善爺からその話を聞いたあたしは、浅草まで脚を伸ばすことがあれば、是非その見世に行ってみようと思い、これまでに二度ほど来たことがあるんだよ。善爺が言ってたよ。先代にあのとき先代に拾われなかったら、自分はどうなっていたか判らないって……。先代にあそこで出逢えたのは、恐らく、神仏の思《おぼ》し召しではなかろうか、だから、先代に充分とまで返せなかった恩を、二代目女将に、立場茶屋おりきに返すのだって……。そのことを思い出したもんだから、なんでも、さつきと親分をあの見世に連れて行きたいと思ったんだよ。人と人との縁はどこで結ばれるか判らない……。それで、皆が大好きだったあの善爺にも、そんなことがあったのだということを解ってもらいたくてさ」

「あの善爺に、そんなことがあったのですか……」

さつきがしみじみとした口調で呟《つぶや》く。

「まっ、俺ャ、それとなく知ってたんだがよ。が、先代女将と出逢ったのがあの見世とは知らなかったぜ」

三人は再び歩き始めた。

「ところでよ、さつきはなんで菖蒲と呼ばれていたのかよ？」

亀蔵が思い出したように訊ねる。

「あの見世の茶汲女には、全員、花の名前がつけられているんですよ。百合《ゆり》だとか桔《き》梗《きょう》とか……。あたしはさつきという名なんで、五月の花という意味で菖蒲にしたそうです」

さつきが鼠鳴《ねずみな》きするような声で言う。

「けど、恥ずかしくって……。だって、菖蒲というからどんな美印《びじるし》（美人）が出て来るのかと思ったら、こんなお徳女《とくじょ》（醜女）が出て来るとは如何様《いかさま》だ、玉代《ぎょくだい》を返せって客が言うんだもの……」

あっと、とめ婆さんと亀蔵が顔を見合わせる。

いずれ菖蒲《あやめ》か杜若《かきつばた》……。

アヤメには花菖蒲《はなあやめ》の他に五月の節句に飾るサトイモ科の菖蒲《しょうぶ》（あやめ草）があるが、恐らく、客はその言葉から美印を期待したのであろう。

百草《もぐさ》に先がけて芽を出し、一年中青い葉をつける菖蒲……。

邪気《じゃき》を払い、漢方薬《かんぽうやく》としても重宝《ちょうほう》される菖蒲だが、さつきには古来の呼び名、あやめ草《ぐさ》のほうが似合っているように思えた。

さつき、呼び名なんてどうでもいいさ！

おまえの心は、五月の澄んだ空のように穢れがないのだから……。

「さっ、少し先を急ごうか！」

とめ婆さんはそう言うと、橋詰で客待ちをする四ツ手に向かって大声を上げた。

「おい、そこの六尺《ろくしゃく》（駕籠舁《かごか》き）、品川宿門前町まで駆っとくれ！」

雨の月

おりきは梅鉢草《うめばちそう》を手に、嬉《うれ》しそうに目を細めた。

「よく手に入りましたこと！」

多摩《たま》の花売り喜市《きいち》が、へへっと照れ臭そうに鼻の下を擦《こす》る。

「へえ、なんと、三郎《さぶろう》の奴が自生地を見つけて来やしてね。あいつ、おえんから立場《たてば》茶屋《ちゃや》おりきの女将《おかみ》さんは白い花が好きだと聞かされているもんだから、なんでも白くて可憐《かれん》な花をとあちこち探し廻《まわ》りやしてね。ところが、この時期、白い花の少ねえこと……。やっと手に入れたのが梅鉢草と白杜鵑草《しろほととぎす》ってわけで、それも雀《すずめ》の涙ほどしか採《と》れなくて、申し訳ねえこって……」

「まあ、三郎さんが……、では現在《いま》では、三郎さんが草花の採取を一手《いって》になさっているのですね？」

「なんせ、おえんはまだしずかから手が離せねえもんで……。おえんの奴、本当は赤児《やや》の守りをするより、草花を集めに山野を歩き廻りてェんだろうが、しずかがいるとそういうわけにもいかねえ……。それで、やいのやいのと亭主の尻を叩《たた》いているってわけでやしてね」

「おえんさんは本当に山歩きがお好きなのですものね。しずかちゃん、さぞかし可愛《かわい》くなられたことでしょうね。確か、八月《やつき》になられたのでは？」

おりきがそう言うと、喜市は爺莫迦《じじばか》丸出しで、でれりと眉《まゆ》を垂《た》れた。

「へえ、そりゃもう、可愛いなんてもんじゃありやせんぜ。まだ言葉は喋《しゃべ》れねえが、見てると、あっしのことが一番好きみてェで、あっしに抱かれると、ご機嫌《きげん》なんだからよ！」

まったく、喜市のこの脂下《やにさ》がりようはどうだろう……。

おりきはくすりと肩を揺《ゆ》らした。

多摩の花売り喜市の一人娘おえんが、しずかを産《う》んだのが今年の初め……。

喜市はおえんから赤児《やや》の名前をつけてくれと頼まれ、咄嗟《とっさ》におりきの面差《おもざ》しが眼窩《がんか》を過《よ》ぎったそうである。

「ふっと女将さんの面影《おもかげ》が目の前を過ぎりやしてね。それで、女将さんの好きな花の名をつけようと思って……。けど、女将さんが好きな花は鷺草《さぎそう》だの空木《うつぎ》だのといった花が多く、なかなか人の名前《なめえ》に相応《ふさわ》しい名が思いつかず、それで、一人静《ひとりしずか》、二人静《ふたりしずか》ら、しずか、という名前《なめえ》をつけやした……」

「母親のおえんがとんだじゃじゃ馬なもんだから、おっかさんには似るな、といっても、立場茶屋おりきの女将さんのような女《おな》ごになるんだぞって意味を込めやしてね。けど、所詮《しょせん》、百姓の娘だ……。高望みしたってしょうがねえんでやすがね。名前《なめえ》が良かったんでしょうかね？　しずかはおえんの娘とは思えねえほど、めんこい顔をしてやしてね。へへっ、爺莫迦なんだろうが、可愛くって堪《たま》らねえ……」

喜市は初孫が生まれたことをそんなふうにおりきに報告し、でれりと目尻を下げたのだった。

子は三界《さんがい》の首枷《くびかせ》といわれるが、子に比べて孫は責任が軽いぶんだけ、理屈抜きに可愛いのであろう。

喜市は照れ隠しのつもりか、髭籠《ひげかご》の中を探《さぐ》った。

「今日は、他にはあんましいい花がなくてよ。やっと手に入れたのが、吾亦紅《われもこう》に紫式部《むらさきしきぶ》、竜胆《りんどう》、通草《あけび》……。これじゃ、少ねえだろうか？」

「いえ、充分ですわ。裏庭の菊畑に秋明菊《しゅうめいぎく》が咲いていますので、これでなんとか活《い》けてみましょう。けれども、今年も望月《もちづき》には芒《すすき》や萩《はぎ》の他に、集められるだけ沢山の山野草をお願いしますね」

「おえんの言うことだから当てにはなりやせんが、今年の十五夜は雨になりそうだとか……」

「雨月《うげつ》は雨月で、それもまた風情《ふぜい》がありましてね。お客さまは一年も前から予約されていて、それなりに三五《さんご》の月（十五夜）を愉《たの》しまれるのですよ」

おりきがそう言うと、喜市は客の気がしれないといったふうに、ちょいと肩を竦《すく》めてみせた。

「そういうのを粋方《すいほう》（粋人）とでもいうんでしょうかね。あっしら俗人《ぞくじん》には解《わか》らねえ……。へっ。ようがす！　芒や萩、竜胆、吾亦紅といったものならいくらでもありやすからね。今年も三郎と一緒にお届けに上がりやしょう」

喜市がそう言って帰って行き、おりきが手桶《ておけ》に草花を浸《ひた》して水切りをしているときだった。

茶屋の通路からひたひたと雪駄《せった》の鳴る音がしたかと思うと、亀蔵《かめぞう》親分の野太《のぶと》い声が飛んできた。

「おっ、ここにいたのか！　丁度良《ちょうど》かった。おみのはいるか？」

亀蔵はよほど息せき切って来たのか、肩息《かたいき》を吐《つ》いている。

「おいでなさいませ。それで、おみのが何か……」

おりきが腰を上げ、亀蔵を窺《うかが》う。

「今、同心の岡島《おかじま》さまから聞いてきたんだが、おみのの兄貴、才造《さいぞう》がご赦免《しやめん》になるんだとよ。それには身請人《みうけにん》が必要なんだが、大崎村《おおさきむら》の親元に知らせたんだがうんともすんとも言ってこねえそうでよ。それで、おみのに身請人になる気があるかどうか訊《き》いてきてくれってことでよ……」

「おみののお兄さまが……。解りました。親分、帳場で待っていて下さいませんか。すぐに呼んで参りますので……」

おりきは取るものも取り敢《あ》えず、水口《みずぐち》から女衆《おなごし》の控《ひか》えの間に入って行った。

控えの間は食間に隣接した四畳半ほどの小部屋で、ここで女衆が交替で休息を取ることになっている。

が、控えの間には誰もいなかった。

そうだった……。

確か、現在《いま》は、女中たちは客室の掃除中……。

そう思い廊下に出ると、座敷箒《ざしきほうき》を片手に階段を下りてくるおきちが目に留《と》まった。

「おきち、おみのは二階ですか？」

「ええ、松風《まつかぜ》の間を掃除していますけど……」

「では、呼んで来て下さいな。亀蔵親分が帳場でお待ちです。あっ、それから、おみの掃除がまだ終わっていないようなら、他の者が替わってするように……。おきち、なんですか、その顔は！」

おりきに鳴り立てられ、おきちはバツが悪そうに肩を竦めた。

そうして帳場に戻ると、大番頭の達吉《たつきち》を相手に口っ叩きをしていた亀蔵が、いたかえ、おみのは？　と訊《たず》ねてきた。

「ええ、すぐに下りて参ります」

「じゃ、あっしは席を外《はず》しやしょう」

達吉がおりきと亀蔵を交互に窺う。

「いえ、大番頭さんにも聞いてもらったほうがよいでしょう。ねっ、親分？」

「ああ、そのほうがいいだろう。おみののことだから恐らく嫌《いや》だとは言わねえだろうが、そうなると、才造を引き受けたのはいいが、今後どうするかってことを考えなきゃならねえ……。三人寄れば文殊《もんじゅ》の知恵っていうからよ」

亀蔵がそう言うと、達吉はまだ何も聞かされていなかったとみえ、えっと驚いたように目を瞬《しばた》いた。

「才造って……。えっ、おみのの兄貴がご赦免になるんでやすか！」

「ああ、俺も今朝になって初めて岡島さまから聞いたんだがな」

「それで、いつ……」

「三日後だそうだ」

「三日後……。三日後といえば、十五夜ではないですか……」

おりきが呆然《ぼうぜん》とする。

三日後とはあまりにも急な話だし、十五夜は月見客で旅籠《はたご》は満室……。

女中たちはそれこそ席の暖まる暇もないほどの怱忙《そうぼう》を極《きわ》める。

するとそこに、障子《しょうじ》の外からおみのが声をかけてきた。

「おみのです。お呼びでしょうか」

「お入り」

おみのは障子をそろりと開け、怖《お》ず怖ずと中を窺った。

「さっ、中にお入りなさい。親分がおまえに話があるとお待ちです」

おみのは緊張した面差しで入って来た。

「いいから、そう鯱張《しゃちこば》るもんじゃねえ。おっ、おみの、才造のご赦免が決まったぜ！」

おみのがハッと顔を上げる。

「兄がご赦免に？　本当なんですか！　ああ、やっと……」

おみのは胸に手を当て、それで、いつ？　と亀蔵に目を据《す》えた。

「三日後だ。それでよ、それについては身請人が必要となるんだが、大崎村のおめえの父親《てておや》はお上《かみ》からの問い合わせにも梨《なし》の礫《つぶて》なんだとよ……。それで、岡島さまがおめえに身請人になる気持があるかどうかとお訊ねなんだが、どうでェ、おめえ、才造の身請人になる気があるのかよ？」

「勿論《もちろん》、なります。そのために今日まで始末に始末を重ね、兄が戻って来たときのためにとお金を貯《た》めてたんです。兄には二度とお金のために悪事を働いてもらいたくありませんから……。けど、そんな想《おも》いをして貯めた三両を、あたしが浅はかだったせいで権八《ごんぱち》って男に強請《ゆす》られてしまい、現在《いま》は何ほども残っていないんですけど……。でも、ああ、そんな有様《ありさま》では、身請人になるといっても、これから先、兄をどうしたらよいのか見当もつきません……」

おみのは悦《よろこ》んだのも束《つか》の間、すぐに現実に引き戻され、途方《とほう》に暮れたような顔をする。

「ところで、大崎村じゃ、どうして才造の身請人になると言わねえ？　通常、こういった場合、親が子を引き取るのが筋じゃねえか……」

達吉が訝《いぶか》しそうな顔をする。

おみのは寂《さみ》しそうに首を振った。

「おとっつァんはとっくの昔に兄を見限っています。権八に唆《そそのか》されて兄がごろん坊の仲間に入ってからは、あんな男はうちの息子じゃねえ、二度とあいつを寄せつけるんじゃねえと言って、兄があたしや姉に接することを禁じました。兄が押し込みで捕《つか》まり三宅島《みやけじま》に遠島《えんとう》となったときには、あたしと姉はおとっつァんの目を盗んで永代橋《えいたいばし》まで出掛け、流人船《るにんせん》に送られていく兄を見送りました。おとっつァんは身内から縄《なわ》付きを出したことで世間から白い目で見られ、すっかり頑《かたく》なになっているんです。おとっつァんの気持も解らなくはありません。けど、それじゃ、あまりにも兄が可哀相《かわいそう》で……。とにかく、おとっつァんの前で兄の名を出すことも許されませんでした……。けど、兄はごろん坊の仲間に入ってからも、あたしには優《やさ》しかったんです。だからあたし、いつかきっと兄が真っ当な男に生まれ変わって戻って来ると信じていたんです。そのときのために極力《きょくりょく》始末して、兄のためにお金を貯めておいてあげよう、姉は既《すで》に所帯を持っているので頼れないし、兄にはあたししかいないんだと思って……」

おみのが前垂《まえだ》れで顔を覆《おお》い、肩を顫《ふる》わせる。

「おみの、解りました……。二年前、わたくしは言いましたよね？　お兄さまがご赦免になって戻ってくるときが来たら、及ばずながらわたくしも力になると……。とにかく、ここにお兄さまをお迎えしましょう。今後、お兄さまがどういった身の有りつきをするのか、何をしたいのかは、本人に直接訊ねてみないと判《わか》りませんもの……。ねっ、大番頭さん、親分、それしか方法がありませんよね？」

「ああ、まあな……」

「けど、三日後といえば、月見客で目も当てられねえほどの忙しさだもんな」

達吉が困《こう》じ果てたような顔をする。

すると、おみのが堪りかねたように、甲張《かんば》った声を張り上げた。

「いえ、いけません！　兄は御帳付き《ごちょうつき》（前科者）なんです。そんな兄を持ったあたしが立場茶屋おりきにいるということだけでも世間の目を憚《はばか》るというのに、そのうえ、兄をここに迎えるなんて出来ません。それだけは、誰がなんと言ってもしてはならないのです！」

おみのはそう叫ぶと、再び、ワッと声を上げて前垂れの中に顔を埋《うず》めた。

おりきと達吉が苦《にが》り切ったように顔を見合わせる。

亀蔵も蕗味噌《ふきみそ》を嘗《な》めたような顔をして、肩息を吐いた。

「確かに、おみのが言うとおりかもしれねえ。第一《でえいち》、才造をここに迎えるといっても、一体《いってえ》、どこに置くつもりだえ？　七月の二十六夜《にいざよい》、八月の十五夜、九月の後《のち》の月は、品川宿が最《もっと》も賑《にぎ》わうときだ。立場茶屋おりきで月見をするのを愉しみに、客は一年も前《めえ》から予約を入れてるほどだからよ。そんなときに、才造を迎えるなんざァ、土台《どだい》、無理な話じゃねえか。いや、才造が島帰りだから言ってるわけじゃねえんだ。才造であれ誰であれ、忙しくて天手古舞《てんてこめえ》なこんなときに迎えられるわけがねえだろうが……」

亀蔵がおりきをちらと窺う。

「ええ。確かに、そうですわね。けれども、そうなると、一体どうすればよいのか……」

おりきが困じ果てたように、眉根《まゆね》を寄せる。

「取り敢えず、二階家のあっしの部屋に入れ、皆の手が空《す》くまでそこで待たせておくしかねえのじゃ……」

達吉が苦虫《にがむし》を嚙《か》み潰《つぶ》したような顔をして呟《つぶや》くと、亀蔵が異を唱《とな》えた。

「俺《おり》ャ、賛成できねえな。おみのにゃ悪《わり》ィが、俺たちゃ才造って男のことを何も知らねえんだぜ？　判っていることは、才造がごろん坊の仲間に入《へえ》り悪さの限りをしてきたことや、手慰《てなぐさ》みや恐喝《きょうかつ》まがいのことばかりか押し込み一味の下っ端《ぱ》にまで成り下がり火《ひ》付《つけ》盗賊《とうぞく》改方《あらためかた》に挙《あ》げられたってことでよ……。三宅島《みやけじま》に遠島になってからは改心《かいしん》したんだろうが、その日、奴にとって娑婆《しゃば》に戻った初めての晩を迎えることになる。そんな日に、二階家に一人っきりにしていてよいはずがねえ！　何があってもおかしくはねえんだからよ」

「何があってもとは……」

おりきが怪訝《けげん》な顔をすると、亀蔵がちらとおみのを流し見る。

「だからよ、おみのには言い辛《づれ》ェんだが、またぞろ、才造が出来心を起こすかもしれねえし、皆が忙しくしているのをこれ幸いとばかりに、逃げ出すかもしれねえってことでよ……。いや、俺だってそうは思いたくねえぜ。けどよ、俺たちゃ才造がどんな男なのか、まだ誰も知らねえんだからよ」

「…………」

「…………」

おりきにも達吉にも返す言葉がなかった。

言われてみると、亀蔵の言うとおりなのである。

才造が三宅島に遠島になって、十七年……。

その間、島で真面目《まじめ》に加役《かやく》を務《つと》め、改心したことが認められたからこそご赦免になるのであろうが、なんと言っても、ここは品川宿。

これまで島で不自由な生活《たつき》を強《し》いられてきただけに、娑婆に戻った解放感につい心が乱されないとも限らない。

「女将さん、あたしに暇を下さいませんか！」

おみのが堪りかねたように悲痛な声を上げる。

「暇？　辞《や》めるというのですか！」

「…………」

「おみの、莫迦《ばか》なことを言うものではありません！　ここを辞めても問題は何ひとつ解決しないのですよ」

「あたし、先《せん》から、兄が戻って来たら棟割長屋《むねわりながや》を借りて、そこで一緒に暮らそうと思ってたんです。そのために、店賃《たなちん》や当座の費《つい》えにとお金を貯めてたんです。けど、二年前、権八という男に流人の兄を持っていることを世間に暴露《ばら》すと脅《おど》され、三両も巻き上げられてしまいました。莫迦なことをしてしまいました……。けど、あたしはそれでも諦《あきら》めませんでした。それからも旅籠から頂《いただ》く給金には手をつけず、やっとの思いで三両貯まりました。だから、棟割長屋を借りて新《あら》たに仕事を探すまでの立行《たちいき》は、それでなんとか凌《しの》げるかと思います」

「おみの、てんごう言うのも大概《てえげえ》にしな！　確かに、それで棟割は借りられるかもしれねえが、新たな仕事だって？　ここより働きやすい奉公先はねえんだよ！　それによ、茶立女《ちゃたておんな》や居酒屋の小女《こおんな》になるとしても、おめえが仕事に出ている間、才造はどうするってか？　妹のおめえにだけ働かせて才造がのうのうとしているようじゃ、すぐまた、ごろん坊に逆戻りだ……。御帳付きが再び捕まるようなことになってみな？　遠島なんて生易《なまやさ》しいものじゃなく、鈴ヶ森《すずがもり》の処刑台で露《つゆ》と化すのが関の山……。おめえ、そこまで考えてものを言ってるのかよ！」

「…………」

亀蔵に鳴り立てられ、おみのはガクリと肩を落とした。

「親分がおっしゃるとおりです。おみのが良かれと思ってすることが、逆に、お兄さまを追い込むことになるかもしれないのですよ。ですから、ここはまず、お兄さまとよく話してみることです。そのうえで、今後どうすればよいのか考えようではありませんか」

「ほれ、また振り出しに戻った……。皆そこまでは解ってるんだ。が、問題は才造が帰《けえ》ってくる日でよ。十五夜の晩をどう凌ぐかってことなんだ……」

達吉が割って入る。

「………」
「………」

再び、沈黙が訪れた。

「よし、俺がなんとかしようじゃねえか！」

亀蔵が沈黙を破るかのように、皆を見廻す。

「才造の身請人には、おみのと俺がなろうじゃねえか！　才造は俺の監視下《かんしか》に置く。よって、十五夜の晩は八文屋《はちもんや》に連れ帰《けえ》り、俺の傍《そば》で過ごさせる。ここに連れて来るのは翌日ってことにして、そこで、おみのを交《まじ》えて皆で相談しようじゃねえか……。なっ、女将、それしかねえだろう？」

おりきはほっと眉を開いた。

「そうしていただけますか？　親分がひと晩一緒にいて下さると安心ですもの……。けれども、こうめさんや鉄平《てっぺい》さんはなんと思うでしょう。そんな勝手をしてもよいものでしょうか」

「何が勝手だろうか！　第一《でえいち》、あそこは俺の家だ。誰に文句を言わせようか。それによ、才造は俺の部屋に泊《と》めるんだからよ。こうめたちに文句が言えるはずがねえ！」

「親分、そいつァ妙案《みょうあん》だ！　才造も親分が傍にいたんじゃ、まかり間違っても邪《よこしま》な心を抱《いだ》かねえだろうからよ。おっ、おみの、良かったな！　礼を言いな、親分に……」

達吉に促《うなが》され、おみのが恐る恐る亀蔵の顔を窺う。

「本当に、それでよいのでしょうか？」

「ああ、委《まか》せときな！　それによ、ひと晩才造にじっくりと付き合ってみて、あいつの改心が本物かどうか見定めておくからよ。そうすりゃ、翌日皆で相談するにしても話が早《はえ》ェ……。てことで、おりきさん、茶をくんな。喋りすぎて喉《のど》がからっついちまったぜ！」

「おや、まだお茶も差し上げていませんでしたね。申し訳ないことを……」

おりきが慌てて茶の仕度《したく》をする。

「女将さん、親分、大番頭さん、兄のことでは迷惑をおかけして申し訳ありません。どうか宜《よろ》しくお願い致します」

おみのが深々と頭を下げる。

「気にするな。おめえのせいじゃねえんだからよ。じゃ、早《はえ》ェとこ仕事に戻りな。いいか、おみの、動揺するんじゃねえぜ。女衆の前でも平然としているんだな。才造のこたァ、まだ皆には言わねえつもりだ。言うとしても、皆で話し合い、今後の身の有りつきが決まってからのことだからよ。解ったら、早く仕事に戻りな」

達吉が諄々《じゅんじゅん》と諭《さと》すように言う。

「はい、解りました」

おみのが辞儀をし、帳場から出て行く。

「さっ、お茶が入りましたことよ。越《こし》の雪がありますが、おひとついかがですか?」

亀蔵が途端《とたん》にでれりと相好《そうごう》を崩《くず》す。

「気《き》が利くじゃねえか! 丁度、甘《あめ》ェもんが食いてェと思ってたところでよ」

越の雪は越後《えちご》の干菓子《ひがし》である。

日頃から茶に親しむおりきを気遣《きづか》い、時折、こうして常連客が持って来てくれるのだった。

「けど、才造が改心したとしても、今後、あいつは何をして立行していけばよいのか……。うちで仕事をさせるにしても、おみのの話じゃ、あいつ、大崎村で百姓をしていた頃、草刈鎌《くさかりがま》で左手の指を三本失っちまったそうでやすからね。それが原因《もと》ですっかり拗《す》ね者になっちまい、ごろん坊の仲間に入《へえ》ったというが、そんな男に何が出来るのかと思うとよ……」

達吉が太息《ふといき》を吐く。

「なに、左手の指が三本欠けていようと、畑仕事は出来るんだ……。それが証拠に、三宅島では真っ当に畑仕事や漁《りょう》に励んでいたというからよ。人間、やる気になればなんだって出来るんだ。三宅島で漁を覚えたというのなら、それこそ、海とんぼ（漁師）になったっていいんだからよ。才造にその気さえあれば、網元《あみもと》に掛け合ってやってもいいし、この旅籠にだって仕事がねえわけじゃねえ……。と言っても、客の前には出せねえし、四十路《よそじ》を超《こ》したうえに指がねえときたら追廻《おいまわし》ともいかねえ。けど、裏庭での畑仕事や、善爺《ぜんじい》がしていたような裏方仕事は出来るからよ」

亀蔵は太平楽《たいへいらく》にそう言うと、越の雪を口の中に放り込み、やっぱ、美味《うめ》ェや、と頬《ほお》を弛《ゆる》めた。

「とにかく、才造さんと話してみないことには……。現在《いま》から悪いことばかりを想起《そうき》して、あれこれ杞憂《きゆう》していても始まりませんものね」

おりきはそう言い、危惧《きぐ》の念を払うかのように微笑《ほほえ》んでみせた。

「今宵の月見《つきみ》膳《ぜん》はこれでいくつもりでやす」

巳之吉《みのきち》が畳《たたみ》の上に絵入りのお品書《しながき》を広げてみせる。

八寸《はっすん》

鬼灯《ほおずき》入り蛸甘露煮《たこかんろに》

射込蓮根《いこみれんこん》

烏賊菊花寿司《いかきっかずし》

小芋衣被《こいもきぬかつぎ》

柚子釜《ゆずがま》　松茸《まったけ》　菊菜《きくな》のお浸し

「巳之吉、八寸の器《うつわ》が竹製丸盆《たけせいまるぼん》とありますが……」

「へっ、つまり、網代《あじろ》に編《あ》んだ葛籠盆《つづらぼん》のことでやすが、楓《かえで》の葉を敷き詰《し》め、その上に料理を盛りやす。手提八寸盆《てさげはっすんぼん》をとも思いやしたが、昨年も一昨年も使ってやすんで、今年は目先を変えたほうがよいかと……」

「続いて椀物《わんもの》が松茸と鱧《はも》、南禅寺麩《なんぜんじふ》、松葉柚子《まつばゆず》の清《す》まし仕立て……。そして、向付《むこうづけ》が平目《ひらめ》の昆布締《こぶじ》めと車海老《くるまえび》、赤貝《あかがい》の刺身《さしみ》で、おや、ここにお凌ぎと箸休《はしやす》めが続きますのね？」

いつもとは違う趣向《しゅこう》に、おりきが目を瞠《みは》る。

「へっ、今宵の沼田屋《ぬまたや》の宴席《えんせき》には真田屋《さなだや》の源次郎《げんじろう》さんも列席と聞きやしたんで……。酢物《すのもの》や焼物《やきもの》、煮物《にもの》と進む前に、ちょいと腹の足《た》しになるものをと思いやして……。お凌ぎには鮑《あわび》の握り寿司、箸休めは煎《い》り銀杏《ぎんなん》で、どちらもひと口で食べられる量となっていやすんで、後に響《ひび》かねえかと……」

巳之吉は源次郎がまだ二十代の若さというだけでなく、こずえを失って一年、やっと晴れやかな席に出られるようになったことへの激励の意味を込めたのであろう。

その実、おりきも沼田屋源左衛門《げんざえもん》から月見の宴に源次郎も列席することになったと聞き、ああ、ようやく……、と胸の内が熱くなったのだった。

そうして、次が焼物となり魳塩焼《かますしおやき》、菊花蕪《きっかかぶら》……。

これは九谷《くたに》の色絵皿《いろえざら》に載《の》っている。

「強肴《しいざかな》としては、松茸の香揚《かおりあげ》と蟹磯巻蕎麦粉揚《かにいそまきそばこあげ》……。松茸のほうは餅粉《もちこ》を塗《まぶ》して揚げ、蟹磯巻は解《ほぐ》した蟹の身を海苔《のり》で巻き、蕎麦粉を塗して揚げやす。どちらも粗塩《あらじお》と柚子で召し上がってもらう趣向になっていやす。続いて、酢物が柿と胡瓜《きゅうり》と海月《くらげ》の和《あ》え物……。炊き合わせが、聖護院大根《しょうごいんだいこん》の風呂《ふろ》吹き柚子《ゆず》味噌《みそ》かけ……」

巳之吉はそこで言葉を切ると、ふっと頰を弛めた。

「続いて揚物をと思いやしたが、止《よ》しやした。強肴で揚物を出していやすし、蒸《む》し物のほうがよいかと思い、百合根饅頭《ゆりねまんじゅう》の銀餡《ぎんあん》かけにしやした」

銀餡とは、出汁《だし》に塩、淡口醤油《うすくちじょうゆ》で味をつけ、水溶《みずと》き葛《くず》でとろみをつけたもののことである。

蒸して裏漉《うらご》しした百合根に山の芋を混ぜて饅頭生地《まんじゅうきじ》を作り、中に車海老を詰めてみじん粉を塗して油で揚げたものに銀餡をかけ、浅葱《あさつき》の小口《こぐち》切りを載せて食べるのである。

「そして最後が白味噌《しろみそ》仕立ての留椀《とめわん》にご飯物となり、今宵は栗《くり》ご飯ですね？」

「へい。甘味《かんみ》は季節柄栗茶巾《くりちゃきん》と思いやしたが、栗飯に栗茶巾でもねえかと思い、葛切《くずき》りにしやした。以上ですが、これで宜しいでしょうか？」

巳之吉がおりきを瞠《みつ》める。

「ええ、これなら源次郎さまもお悦びになることでしょう。源次郎さまには初めての会席膳《かいせきぜん》ですものね……。今宵、ご一緒して下さることになり、わたくしも心より安堵《あんど》していますのよ」

巳之吉も満足そうに目を細める。

「恐らく、こずえさまをなくした哀《かな》しみはまだ癒《い》やされちゃねえんだろうが、真田屋のためにはいつまでも後《うし》ろ向きでいてはならねえとお思いになったのでやしょうね。

あっしはそんな源次郎さんを励ます意味で、筒一杯《つついっぺえ》の料理を作らせてもらいとうごぜえやす」

「巳之吉、今宵は最後のご飯物が出た後で、浜木綿《はまゆう》の間に挨拶《あいさつ》に上がりませんこと？　おまえが客室に顔を出すことがないのは知っていますが、今宵は特別です。巳之吉の顔を見れば、源次郎さまが更《さら》に勇気づけられるでしょうからね」

「へい。あっしもそのつもりでいやした。昨年は閑古庵《かんこあん》での茶会、祝言《しゅうげん》と仕事をさせていただき、その後、こずえさまとは哀しい別れを致しやした。なんだか、他人事《ひとごと》のように思えなくて……。是非《ぜひ》、そうさせていただきとうごぜえやす」

「では、頼みましたよ」

おりきがそう言い、現在《いま》、何刻《なんどき》かえ？　と達吉に目をやる。

「そろそろ八ツ（午後二時）になるかと思いやすが、女将さん、今のうちに中食《ちゅうじき》を上がっておいたほうが……」

「中食ですか……。なんだか胸が支《つか》えたみたいで、ちっともお腹が空《す》きませんの」

「そりゃ駄目だ！　七ツ（午後四時）頃から、次々に月見客が到着しやす。そこからは目も当てられねえほどの忙しさだというのに、力をつけていねえでどうしやすか！　巳之《みの》さん、榛名《はるな》に言って、早めに女将さんの中食を運ぶように言ってくんな」

達吉が巳之吉に目まじする。

「へい」

巳之吉が板場に下がって行く。

「女将さん、才造のことが気懸《きが》かりなのは解りやすが、何もかも、亀蔵親分に委せておくことです。女将さんが心配《しんぺえ》したところで何も変わりはしねえんだからよ」

達吉が仕こなし顔に言う。

「ええ、それは解っているのですが……。確か、流人船が永代橋に着くのは八ツですよね？　では、今頃、おみのは才造さんと再会しているのでしょうか」

「生憎《あいにく》、小糠雨《こぬかあめ》が降ってやすからね。沖合《おきあい》じゃ、風も出ているかもしれねえ……。なんせ、海路《かいろ》はお天道《てんとう》さま次第《しでえ》で、なかなか思い通りにはなりやせんからね。けど、女将さんが親分と一緒におみのを永代橋まで迎えに行かせると言い出されたのには驚きやしたぜ……。よりによって、月見客で応接に暇《いとま》がねえこのときに、おみのに抜けられたんじゃおてちんというのによ！　とは言え、あっしにも女将さんの気持が手に取るように解りやした。才造は労役《ろうえき》を務め、十七年ぶりに娑婆に戻って来るんだ、身請人のおみのが出迎えなくてどうするのかとお思いなんですよね？」

「才造さんには新たなる人生の始まりですもの……。あれほど才造さんが戻って来るのを待ち望んでいたおみのが迎えなくてどうしましょう。それに、おみのは再会を果たすと、すぐさま旅籠に戻って来ると言っているのです。接客には支障《ししょう》がないと思います」

「つくづく、女将さんの気扱《きあつかい》には頭が下がりやす。親分も言ってやしたぜ。出迎えが俺一人と知れば才造も寂しいだろうが、ほんのひと目でもおみのの姿を見れば、今宵ひと晩八文屋で過ごさなきゃなんねえことを才造も納得してくれるだろうと、そこまで気を配ってやるんだから、つくづく、おりきさんという女ごには頭が下がると、そう言ってやしたからね」

「買い被《かぶ》らないで下さいな。わたくしは自分が才造さんの立場になったらどうかと考えただけなのですから……」

　と、そこに、榛名がおりきと達吉の中食を運んで来た。

「今日の中食は早く食べられるようにと思い、深川飯《ふかがわめし》にしました。夜食には栗飯と一汁二菜《いちじゅうにさい》を考えていますので、中食はこれで辛抱《しんぼう》して下さいませね」

　榛名が気を兼ねたように言う。

「これで充分ですよ。まあ、美味《おい》しそうではありませんか！」

　おりきが目を輝かせる。

随分《ずいぶん》と身のぷりっとした浅蜊《あさり》である。

浅蜊の剝《む》き身を出汁と酒、醬油、味醂《みりん》で煮立て、長葱《ながねぎ》の小口切りを加えて白飯の上にかけただけの漁師風だが、茄子《なす》と赤蕪《あかかぶ》の糠漬《ぬかづけ》が添《そ》えてあり、いかにも美味《うま》そうである。

「あすなろ園の子供たちは中食を済ませましたか？」

「ええ、子供たちには一刻《いっとき》（二時間）ほど前に食べさせました。それで、女将さん……」

榛名が何やら訳ありな顔をして、おりきを瞠める。

「えっ、何か？」

「貞乃《さだの》さまのことなんですが、どこに行かれたのかご存知ありませんか？」

「貞乃さま？　貞乃さまがどこかに出掛けられたというのですか」

「ええ、キヲさんの話では、正午前に診療所の下男が遣《つか》いに来て、裏庭で何か話しているみたいだったけど、ちょいと出掛けて来ると言ってあすなろ園を出て行かれ、それっきり戻って来ないそうなんですよ」

榛名が訝しそうに首を傾《かし》げる。

「診療所の下男が遣いに来たというのであれば、素庵《そあん》さまに呼ばれたのではないでしようか」

「けど、それならそうと言っておいてくれればよいのに、もう一刻以上も経《た》ちますからね。あたしはこれから旅籠《はたご》衆の中食の仕度がありますし、キヲさん一人ではとても子供たちの世話が出来ないのではなかろうかと……。いえ、貞乃さまが診療所にいらっしゃることが判れば、それでいいんですよ。いつ戻って来るのか判ってさえいれば、留守《るす》の間だけでも、とめ婆《ばあ》さんに頼んで、さつきさんをあすなろ園に貸してもらいますんでね。けど、本当に診療所に行かれたのかどうか判らないのですもの……。末吉《すえきち》さんに診療所を覗《のぞ》いて来てもらってもいいでしょうか？」

「ええ、それは構いませんけど……。けれども、くれぐれも失礼のないようにね。貞乃さまは素庵さまの姪御《めいご》ですもの、本来ならば、いつお訪ねになっても構わないのですからね」

「はい。末吉さんにそのように伝えておきます」

榛名がぺこりと頭を下げ、帳場を出て行く。

「貞乃さまにしては珍しいことがあるものよ……。はて……」

診療所に用があるのなら、その旨《むね》をちゃんと伝えていくと思うのによ……。

達吉は怪訝そうな顔をして、続けた。

「けど、さつきが戻って来てくれてようござんしたね！　こういったとき、さつきは昔取った杵柄《きねづか》……。なんせ、子供たちはさつきが戻って来てくれて大悦《おおよろこ》びなんだからよ」

「さつきもここに戻って来て、水を得た魚のように活き活きとしましたものね。戻ったばかりのときには、まるで別人かと思うほど生気《せいき》を失っていましたが、子供たちの顔を見た途端に目に輝きが戻ったのですもの……。それもこれも、とめさんのお陰です」

「ああ、現金《げんきん》なものよ。此《こ》の中《じゅう》、不貞《ふて》た顔をしていたとめ婆さんの面差しまでが変わったんだもんな」

「けれども、貞乃さまは一体どうなさったのでしょう。悪いことがあったのでなければよいのですが……」

「ええい、てんぽの皮！　あれこれと取り越し苦労をしたところで始まらねえ。さっ、女将さん、食べやしょうぜ。深川飯が冷《さ》めちまう！」

達吉はそう言うと、ズズッと深川飯を掻《か》き込み、美味《うめ》ェ、と目許《めもと》を弛めた。

その頃、高城《たかぎ》貞乃は南本宿《みなみほんじゅく》の立場茶屋池田屋《いけだや》にいた。

貞乃と向かい合わせに坐《すわ》った男は、備後福山《びんごふくやま》の薬種問屋白麟堂《はくりんどう》の若旦那時蔵《ときぞう》である。

「何故《なぜ》なのです？　何故、あたしに黙って江戸に出られたのですか？　酷《ひど》いではないですか！　あれからあたしがどれだけおまえさんのことを捜《さが》したか……。あたしは母《はは》御《ご》が亡くなられたことや、おまえさんが家財を処分し国許《くにもと》を離れたことを、一月《ひとつき》も後になって初めて耳にしたのですからね。ひと言、あたしに相談してくれていれば、あたしは白麟堂から久離《きゅうり》（勘当）されてでもおまえさんと所帯を持ったのだ……。何ゆえ、あたしの言葉を信じてくれなかったのですか？　あとひと息で、親父《おやじ》たちを説《と》き伏せられるところまで漕《こ》ぎつけていたというのに……」

時蔵がひたと貞乃に目を据える。

貞乃は伏せていた目を上げた。

「いえ、わたくしはあなたさまの前から姿を消さなければならなかったのです。わたくしがあのまま国許にいたならば、あなたさまはいつまでも若狭屋《わかさや》のお嬢さまとの縁談を受けようとなさらなかった……。白麟堂のためを、いえ、あなたさまのためを思えば、わたくしの存在は足枷《あしかせ》以外の何ものでもありません。あなたさまは浪々《ろうろう》の身となり、長患《ながわずら》いの母を持ったわたくしに同情して下さっていただけなのです」

「違う！　同情だなんてとんでもない……。あたしはおまえさんに心《しん》から惚《ほ》れていたんだ！　女房にするのならこの女ごしかいないと固く心に誓い、だから、反対する親父やお袋《ふくろ》を説得していたんだよ。そりゃね、若狭屋との縁組は白麟堂にとっては福徳《ふくとく》の百年目のような話だと解っている……。親父たちは香月《かづき》の持参金で傾《かたむ》きかけた白麟堂の屋台骨《やたいぼね》を立て直したいと思ったのだろうが、あたしの心の中には、貞乃さん、おまえさんしかいなかったのだ……。そんなあたしが香月と祝言を挙げたのでは、香月をも不幸にしてしまう。あたしはそんなふうに親父たちを説得しました。ところが、親父たちが言うには、そんなに貞乃さんに惚れているのなら、囲《かこ》い者にすればよいだろう、それなら誰も文句を言わない、とこうです……。そんなことが出来るはずがないではないですか！　現在《いま》は浪々の身といえども、おまえさんは備後福山藩の藩士の娘……。亡くなられた父御《ちちご》には白麟堂も何かと世話になってきたのです。それが、あらぬことで後進《こうしん》の恨《うら》みを買い、やむにやまれず城内にて斬《き》り合いとなり生命《いのち》を落とされたが、あのとき、親父はこんな理不尽《りふじん》があって堪るかと哀惜《あいせき》の念に堪《た》えなかったといいます。ありもしないことで逆恨《さかうら》みをされ、喧嘩《けんか》をふっかけられたのは父御のほうなのですからね。だが、場所が城内であったということと、家督《かとく》を継《つ》ぐべきおまえさんがまだ幼いという理由で、高城家は禄召《ろくめ》し上げとなってしまった……。しかもその後、母御が病《やまい》に臥《ふ》され、まだうら若きおまえさんがありとあらゆる手内職をして生活《たっき》を支えてこられたのだからよ……。白鱗堂としては、母御の薬料《やくりょう》を見て差し上げることくらいしかできませんでしたが、そんな窮苦《きゅうく》の中でも、決してめげることなく毅然《きぜん》とした態度を貫《つらぬ》くおまえさんの姿にあたしは胸を打たれ、やがて、その想いは恋心《こいごころ》へと変わっていったのです。親父たちにもそのことは解っていたはずなのです。ところが、白鱗堂の内証《ないしょ》に翳《かげ》りが出た途端、掌《てのひら》を返したように若狭屋との縁談を持ち出した……。親父たちの気持も解らなくないのですが、あたしにはどうしても納得いかなかったのです」

時蔵が辛《つら》そうに眉根を寄せる。

「もうそれ以上おっしゃらないで下さいませ。わたくしにもあなたさまの気持は解っていました。勿論、お父さまやお母さまの気持も……。だからこそ、あのまま国許にいたのでは皆の心を惑《まど》わせると思い、品川宿で医者をしている伯父《おじ》を頼ろうと、母の死後、国許を離れる決意をしたのです。わたくしが姿を消せば、あなたさまは若狭屋との縁組をお受けになるだろうと思ったのです。ねっ、そうなされたのでしょう？」

貞乃が時蔵の目を瞠める。

時蔵は狼狽《うろた》えたように視線を泳がせた。

「だって、仕方がないではありませんか……。おまえさんが姿を消した後、あたしは見世《みせ》の男衆《おとこし》に手分けして捜させました。けれども、判ったことは、どうやら東の方向に向かったらしいということだけで、それが備中《びっちゅう》なのか備前《びぜん》なのか、はたまた、大坂《おおざか》、京《きょう》なのか見当もつきません。それで、仕方なく諦め、おまえさんが国許を離れて半年後、香月と所帯を持ちましたね。まさか、江戸にまで出ておいでだとは思いもしませんから

ました」

ああ……、と貞乃は目を閉じた。

良かったという想いと、どこかしら三百落としたような思いが交差《こうさ》する。

「では、お幸せなのですね」

「幸せ？　幸せなのだろうか……。香月にはおまえさんにときめいたときのような感情は一切《いっさい》なく、まるで空気のような存在といってもよいでしょうか」

「それが幸せというものですわ。で、お子は？」

「子はいません。いなくて幸いでした。貞乃さん、はっきり言わせてもらいます。あたしはおまえさんのことが忘れられないのです。いえ、一旦は忘れたつもりでおりました。けれども、二月《ふたつき》ほど前に、おまえさんを品川宿で見かけたという者がいまして

ね。出入りの商人《あきんど》なのですが、その者はおまえさんが白麟堂に出入りしていた姿を何度か見ていましてね。間違いなく、貞乃さんだったというではないですか！　それで、あたしは慌てて高城家と親《した》しくしていた者に探りを入れ、母御の出所《でしょ》が備中の松木家《まつきけ》だったことを知りました。しかも、伯父というのが南本宿で内藤素庵《ないとう》と名乗り医者を開業しているというではないですか……。繋《つな》がったのですよ！　あたしは居ても立ってもいられなくなり、江戸見聞《えどけんぶん》という名目《めいもく》で旅の途《と》につきました。いえ、伯父上にはあたしとおまえさんの関係は話していませんよ。貞乃さんが南本宿の伯父上の許《もと》に身を寄せていると伝え聞いたものだから、旅の途中、懐《なつ》かしさのあまり、ひと目お目にかかりたくお寄りしたとしか言っていません。けれども、あたしがここに来た理由は、ただ一つ……。貞乃さん、あたしの許に戻って来てくれませんか？　あたしの女房は、おまえさんただ一人……。その気持は昔も現在《いま》も変わっていません。おまえさんさえ戻って来てくれるというのなら、あたしはすぐさま国許に戻り、香月を離縁しておまえさんを待ちます。と言うのも、香月との間にはいつまで経っても赤児《やや》が出来ず、この頃では、お袋もとんだ貧乏くじを引いた、幸い、白麟堂の内証も持ち直したことだし、香月にはいつ三行半《みくだりはん》を突きつけても構わない、と毎日のように　繰言《くりごと》を募《つの》っていますからね。あたしが香月に離縁を申し渡し、おまえさんを後添《のちぞ》いにと言い出したとしても、今なら、諸手《もろて》を挙げて賛成してくれるに違いありません。ねっ、どうでしょう、考えてみてくれませんか?」

時蔵が食い入るように貞乃を見る。

なんて虫の良いことを……。

貞乃の胸に初めて憤怒《ふんぬ》が衝《つ》き上げた。

白麟堂の身代《しんだい》が傾きかけたときには、若狭屋の持参金を目当てに香月との縁組に釈迦力《しゃかりき》となり、身代を建て直すや、赤児《やや》の出来ない嫁は不要とばかりに態度を翻《ひるがえ》すとは……。

時蔵の双親《ふたおや》がそう思うのは仕方がないとしても、当の時蔵が貞乃の行方《ゆくえ》を突き止めるや、香月を追い出そうとしているのである。

同じ女ごとして、そんな理不尽が許せるはずもない。

貞乃はきっと時蔵に険《けわ》しい目を向けた。

「あなたさまがそのような物言いをなさるとは驚きましたわ。わたくしね、あなたさまの心の広いところや情の深いところが大好きでしたの。けれども、今おっしゃったことはなんでしょう。わたくしと所帯を持ちたいがために香月さんを離縁するですって? それも、赤児《やや》を産まない香月さんにはそうしても当然という口ぶりには、なんとしても納得いきません。子が出来ないといっても、所帯を持って、まだ二年半ではないですか！　何ゆえ、もっと長い目で見て上げられないのでしょう。しかも、一時は若狭屋さんに多大な恩を受けたのではありませんか！　一分《いちぶ》の恩にも舌を抜かれろ……。僅《わず》かな恩にも報《むく》いよという格言《かくげん》なのですが、これは現在《いま》わたくしが世話になっている立場茶屋おりきの女将さんがよく使われる言葉です。以前の時蔵さんはこの言葉どおりの男《ひと》でした。ですから、わたくしは残念でなりません。あなたさまはそのようなお方ではなかったはず……。一体、どうなされたのですか！」

貞乃に責めるような目で瞠められ、時蔵は挙措を失った。

「まったく、貞乃さんのおっしゃる通り……。恥ずかしい限りです。だが、恥も外聞《がいぶん》もかなぐり捨て、こうして無茶を言うのも、すべて、貞乃さんを想えばこそ！　あたしはおまえさんがいないと生きていけないのです。貞乃さん、どうかうんと言ってくれではないか……」

時蔵が縋《すが》るような目で見る。

貞乃は寂しそうに、ふっと頬を弛めた。

「そこまでわたくしのことを想って下さる気持は嬉しく思います。けれども、現在《いま》のわたくしは一人ではないのです。あすなろ園の寮母《りょうぼ》……。いいえ、孤児《みなしご》たちのおっかさんなのです。あの子たちが心身《しんしん》ともに健《すこ》やかに育ってくれることを我が悦びとし、他人《ひと》に尽くすことを我が宿命《さだめ》と思っているのですよ。ですから、どうかわたくしのことはお忘れ下さいませ。国許にいた頃のわたくしは、もうこの世にいません。いるのは、立場茶屋おりきの一員である貞乃であり、子供たちのおっかさんの貞乃なのですから……」

時蔵が呆然《ぼうぜん》とした顔をする。

「解って下さいましたか？　では、いつまでも子供たちを放っておくことが出来ませんので、これで失礼させていただきます」

貞乃が頭を下げ、腰を上げかける。

「お待ち下され！　一つだけ、お訊きしたい……。おまえさんもこのあたしのことを好いていてくれたんだよね？」

時蔵が掠《かす》れた声で訊ねる。

貞乃は戸惑《とまど》ったように、首を傾げてみせた。

「さあ、どうでしょう……。確かに、国許にいた頃にはそうだったかもしれません。けれども、香月さんを蔑《ないがし》ろにされる時蔵さんには、正直に言って失望いたしました。では、ご機嫌よう……」

「………」

時蔵はもう何も言わなかった。

貞乃の胸に、譬《たと》えようのない寂しさが衝き上げてくる。

が、振り返ってはならない……。

振り返れば、再び、気持がぐらりと揺らいでしまう。

貞乃は胸の内でそう自分に言い聞かせ、池田屋を後にした。


「あんちゃん……」

おみのの目に涙が盛り上がった。

才造が狐憑《きつねつ》きにでも遭《あ》ったかのように、茫然《ぼうぜん》とおみのを瞠める。

「おみの……、おみのけえ？」

おみのがうんうんと頷《うなず》く。

その刹那《せつな》、おみのの目から大粒の涙が零《こぼ》れ落ちた。

「どうでェ、才造、驚いただろう？　無理もねえわな。おめえが遠島になったとき、おみのは十五だったんだもんな。あれから十七年……。今や、おみのも三十路《みそじ》を過ぎ、立場茶屋おりきの旅籠で立派に女中を務めているんだ。才造、よく聞けや！　おみのはこの十七年というもの、おめえがご赦免になって戻って来る日を、首を長くして待ってたんだからよ」

身請けの手続を済ませてきた亀蔵が、才造の肩をポンと叩く。

才造は亀蔵の腰の十手《じって》に気づき、怯《ひる》んだように後退《あとじさ》った。

「怖がるこたァねえ。俺とおみのがおめえの身請人となったんだ。岡っ引きが傍についてたんじゃ、おめえは二度と悪事が働けねえってわけでよ。まっ、覚悟しとくんだな」

へっ、と才造が項垂《うなだ》れる。

「それでよ、今後、おめえがどこに身を置くかってことなんだが、取り敢えず、今宵は俺の義妹《いもうと》がやっている八文屋で、俺と一緒に過ごしてもらう……。と言うのも、おみのが働く立場茶屋おりきは、今宵は十五夜とあって、盆と正月が一遍《いっぺん》に来たみてェな忙しさなのよ。本来なら、この脚《あし》で立場茶屋おりきに出向き、女将に挨拶をしなくちゃなんねえんだが、そんな理由《わけ》で、それは明日ってことにした。明日、改めて、女将や大番頭を交えておめえの身の振り方を相談するからよ。おっ、それでいいな？」

亀蔵がじろりと品定《しなさだ》めをするような目で、才造を睨《ね》めつける。

「へい、それでようがす」

才造がくぐもった声で答える。

「じゃ、行こうか！　と言っても、おみのは旅籠の仕事が待っている……。このまま四ツ手（駕籠《かご》）で品川宿門前町《しながわしゆくもんぜんちよう》まで帰《けえ》らせるんで、おっ、思い残すことなく、後朝《きぬぎぬ》の別れをしな！」

亀蔵がてんごうのつもりか、茶化してみせる。

「あんちゃん……、あたし、なんて言ったらいいのか……」

「…………」

「明日、女将さんを交えてあんちゃんがこれからどうするかを話し合うんだって……。だから、今宵は親分と一緒に過ごしてね。ねっ、それでいいだろう？」

「…………」

「良かった……。ごめんね、あたししか迎えに来られなくて……。姉ちゃんは嫁に行っちまったし、きっとおとっつァんは忙しいのだと思う……。あんちゃん、気にしちゃ駄目だよ」

「…………」

「じゃあね。早く帰らないと他の女衆に迷惑がかかるから、あたし、帰るね。じゃ、明日ね！　明日、また逢おうね！」

何を言ってもひと言も答えようとしない才造……。

おみのは諦めたかのように太息を吐き、亀蔵に目を戻した。

「親分、宜しくお願いします。じゃ、あたしはこのまま門前町に帰りますんで……」

「ああ、解った。気をつけて帰《けえ》んな！　女将に明日四ツ（午前十時）頃行くからと伝えてくんな！」

亀蔵が片手を上げる。

朝から降り続く小糠雨は現在《いま》は上がっているが、空は厚い雲に覆《おお》われ、あたりは夕《ゆう》闇《やみ》かと思うほどに薄暗い。

亀蔵はおみのが四ツ手に乗り込むのを見届けると、おっ、俺たちも行こうぜ！　と歩き始めた。

「おめえ、高輪《たかなわ》まで歩けるか？　俺たちも四ツ手を駆《か》ってもいいんだが、こうしてぶらぶらと喋りながら帰《けえ》るのもいいかと思ってよ。十七年ぶりの娑婆だもの、そのほうがおめえもいいのじゃねえか？」

「へい。歩くのは慣《な》れてやすから……」

二人は海沿いの道を鉄炮洲《てっぽうず》に向けて歩いて行った。

「こんな降りみ降らずみの日に月見とは、まったく江戸者の風流にはつき合い切れねえよ！　おめえは知らねえだろうが、品川宿門前町の立場茶屋おりきといったら、料《りょう》理《り》旅籠《はたご》として一流中の一流でよ……。ここの板頭《いたがしら》の腕が一頭地《いっとうち》を抜いていてよ。八百《やお》善《ぜん》や平清《ひらせい》といった有名な料理屋の上をいくというんだからよ！　この板頭の料理を食いながら月見をするために、なんと、一年も前《めえ》から予約が入《へえ》っているというんだから驚きよ。しかもよ、十五夜を愛《め》でただけでは片月見《かたつきみ》となるといって、九月十三日の後《のち》の月も併《あわ》せて愛でるというんだから、通人《つうし》というか分限者《ぶげんしゃ》のやることには俺たちゃついていけねえや……。おまけによ、月が出ているのなら月見もいいだろうが、雨が降って月がまったく出なければ雨月《うげつ》といい、今日みてェに、降りみ降らずみで雲の切れ目からほんの少し顔を出す月が、雨の月……。へっ、どっちにしたって月見の宴《えん》を設《もう》けるっていうんだからよ。要するに、なんだのかんだのと理屈をつけて奴らは月見をするんだ！　呆《あき》れ返《けえ》る引っ繰《く》り返《けえ》るだぜ！　おっ、三宅島はどうだった？　流人でも月見くれぇはするんだろ？」

亀蔵が才造の顔を覗き込む。

才造は戸惑ったように、目を瞬いた。

「島でもする奴はしたんだろうが、俺ャ、別に……。元々、風流とは縁のねえ男だからよ」

「そうけえ。おめえ、島では百姓仕事や漁をやってたんだって？　確か、百姓になるのが嫌で、草刈鎌で指を失ったのを口実に、ごろん坊と連《つる》むようになったと聞いたが……」

「島ですることって他にはねえし、指が欠けてたんじゃ、手仕事は無理でやすからね。けど、俺ャ、どちらかといえば、畑仕事より漁のほうが好きだった……。海に出ると、心が洗われるような気がして……」

「そうか、漁が好きか……。じゃ、海とんぼになるって手もあるんだな。と言うのも、明日、おめえが今後どうやって立行していくかを立場茶屋おりきの女将と相談するんだが、恐らく、おめえをおみのの傍に置き、旅籠の裏方仕事をさせてはどうかという話が出るだろう。それで訊くんだが、おめえはどう考えている？　まさか、何も考えていねえとは言わせねえぜ。三宅島では存分に考える暇があったんだからよ」

「…………」

「また、黙《だんま》りかよ！　おめえよ、あんましおみのに心配《しんぺえ》をかけるもんじゃねえ……。おみのは言わなかったが、此度《こたび》、おめえのご赦免に当たりお上から身請人の問い合わせがあったんだが、大崎村のおとっつァんは完璧《かんぺき》におめえのことを無視したそうでよ。それで、おみのが身請人になりてェと買って出たんだが、あいつはおめえがいつ放免《ほうめん》になってもいいように、この十七年というもの、爪《つめ》に火を点《とも》すようにしてこつこつ金を貯めてきてよ。そりゃよ、旅籠の女中をしていりゃ、食うことには困らねえ……。けどよ、年頃の娘ともなれば紅《べに》のひとつでも差してェと思ったところで不思議はねえというのに、おみのは他の女中が買い食いして銭を使うのを後目《しりめ》に、辛抱の棒が大事と無駄遣いを律《りっ》してきたんだからよ。ところが、そんな血の滲《にじ》むような想いをして貯めた金を、おめえの友達《だち》の権八が強請ってよ……。あいつ、島抜けをしてみたものの、金に困ってよ。そんなときにおみのを見かけたもんだから、兄貴が流人だと他の者に暴露《ばら》されたくねえのなら三十両仕度しなと強請りやがった！」

あっと、才造が驚いたように亀蔵を見る。

「権八が……。それで、どうなったのでやすか？」

「おみのに三十両なんて作れるわけがねえ……。それで、立場茶屋おりきにいたんじゃ、迷惑がかかると思ったんだろうて……。と言うのも、立場茶屋おりきは客筋がよいのでも徹《とお》っていて、流人の兄を持った女ごが女中をしていることが世間に知られれば、女将や旅籠に迷惑がかかるってんで、辞めさせてくれと言ってきたのよ。それで、女将は初めておみのが強請られていることを知ったわけなんだが、そのときには既におみのは権八に三両を渡していた……。幸い、三十両は女将と俺でひと芝居を打ったんで渡さずに済み、奴をお縄《なわ》にすることが出来たんだが、そのとき、権八の奴、引かれ者の小唄《こうた》のつもりか、おめえが島での暴動に巻き込まれ、頭を叩き割られて死んだと嘘《うそ》を吐きやがってよ……」

才造の顔から血の色が失《う》せた。

「それが嘘だと判ったのは、権八がお白洲《しらす》に突き出された後のことでよ。それで絶望の淵《ふち》に立たされたおみのの胸に、再び、希望の灯《ひ》が点った……。その後も、おみのは今日までせっせと金を貯め、おめえが放免になる日を待ち望んできたんだ。どうでェ、健気《けなげ》じゃねえか……。あんなにいい妹がいて、おめえは幸せ者だと思わなくちゃなんねえぜ」

「へい」

才造が肩を丸める。

「それで、権八はどうなりやした？」

「無論《むろん》、死罪さ。第一《でえいち》、奴は島抜けしたんだからよ。それに、強請まで加わったのだから当然じゃねえか」

亀蔵が憎体《にくてい》に吐《は》き出す。

才造は何か考えているようだったが、意を決したように顔を上げると、亀蔵に目を据えた。

「親分、俺がおみのの傍にいたんじゃ、またもや迷惑をかけちまう……。おみのが働く旅籠がそんなに立派な旅籠というのなら尚更《なおさら》だ。俺ャ、これ以上、おみのに迷惑をかけちゃならねえんだ！　明日、親分と一緒に旅籠には行きやす。行って、おみのが世話になっている礼を言い、これまで俺がしてきたことへの詫《わ》びも言いやす。けど、今後のことで、これ以上、おみのや女将さんを煩《わずら》わせたくはねえ……」

「煩わせたくねえといっても、じゃ、どうするってェのよ」

「親分、どこか俺を雇《やと》ってくれる網元を知りやせんか？　金輪際《こんりんざい》、悪さはしやせん。酒も手慰みもやらねえし、喧嘩もしねえ！　誓いやす。だから、俺に海で生きる道を考えてもらえねえでしょうか？　お願《ねげ》ェしやす……」

才造の目は真剣《しんけん》だった。

ほう……、と亀蔵が目を瞠る。

どうやら、嘘はなさそうである。

亀蔵はニッと頬を弛めた。

「おう、解ったぜ。何か考えてみよう」

その瞬間、再び、絹糸《きぬいと》のような雨が二人を包み込んだ。

「やっ、また降ってきやがった。才造、先を急ごうぜ！」

亀蔵は声を張り上げると、スタスタと刻《きざ》み足に歩いて行った。


「あっ、貞乃せんせいだ！　おばちゃん、せんせいが戻って来たよ！」

子供部屋の戸口から裏庭を眺《なが》めていた悠基《ゆうき》が、くるりと首を捩《よじ》り大声を上げる。

バタバタと足音がして、勇次《ゆうじ》、おいね、みずき、おせんが戸口から顔を出す。

「本当だ。せんせい、どこに行ってたのさ！」

「せんせいの帰りが遅いんで、もう月見団子《つきみだんご》を作っちまったよ！」

「早く、早く！　これから、お供《そな》えを供えるんだからさ」

「そうだよ！　せんせいがいないと、つまんないじゃないか……」

子供たちが戸口から顔を突き出し、口々に鳴り立てる様《さま》は、まるで餌《えさ》を貰《もら》おうと巣から顔を出す燕《つばめ》の雛《ひな》さながら……。

貞乃の胸に熱いものが込み上げてくる。

貞乃は戸口で蛇の目傘《じゃめがさ》を閉じると、トントンと土間に雫《しずく》を落とし、子供たちを瞠めた。

「ごめんなさいね。ほんの少しのつもりがこんなに永《なが》くなってしまって……」

「もう、せんせいったら、黙っていなくなるんだもん！」

おせんが半べそをかきながら縋りついてくる。

「せんせい、黙っていなくなっちゃ嫌だァ……」

おいねとみずきが貞乃の腰にしがみついてくる。

「ごめんなさいね。本当に悪かったね……」

貞乃は身体《からだ》に纏《まと》いつく女ごの子たちを、ギュッと抱き締《し》めた。

胸の中で熱いものがはち切れそうになる。

ああ、自分にはこの子たちがいる……。

子供特有の匂《にお》いに噎《む》せ返りそうになりながら、貞乃の心は満ち足りたもので覆われていった。

「せんせい、狡《ずる》いや！　おいらが黙って姿を晦《くら》ませたら怒るくせしてよ！」

勇次が不服そうに唇を窄《つぼ》ませると、悠基が貞乃の口真似《くちまね》をしてみせる。

「二度と許しませんからね！」

「はい、解りました。せんせいが悪うございました」

「おやまっ、一本取られちまいましたね。ほれ、子供たち、貞乃先生はもう謝ったんだ。さっ、もういいから、花立てに芒を挿《さ》したり、三宝《さんぽう》に団子や栗を盛っておくれ」

キヲが笑いながら寄って来る。

「申し訳ありません。国許の知人が訪ねてきたと診療所から連絡がありましたもので……」

貞乃が子供部屋に入って来る。

「では、やはり、診療所に行かれてたんですね？　末吉さんに確かめに行かせたんだけど、診療所に貞乃さまの姿がなかったというもんだから、それでどこに行かれたのかと案じていたんですよ」

供物台《くもつだい》の仕度をしていた榛名が振り返る。

「末吉さんを診療所に……。いえ、あそこでは積もる話も出来ませんので、池田屋という立場茶屋に行きましたの。ごめんなさい。そのことを代脈《だいみやく》（助手）たちに伝えていませんでした……。こんなに永くなるとは思ってもみなかったもので……。本当に済みませんでした」

貞乃が頭を下げる。

「嫌ですよ。別に責めているつもりじゃないんですから……。そうですか、国許の知り合いが訪ねてみえたのですか……。それは懐かしく、積もる話に花が咲いたことでしょうね」

榛名が探るような目で、貞乃を見る。

貞乃は慌てた。

時蔵に逢《あ》ってきたことで、こんなにも疚《やま》しい気持になるとは……。

やはり、逢うべきではなかったのだろうか……。

いや、遠路はるばる訪ねてきたのだから、やはり逢うべきだったのだ。

逢って、自分が現在《いま》どんな生き方をしているのかを伝え、それで初めて、過去に決《けつ》別《べつ》できるのであるから……。

だが、時蔵と再会し、胸がときめかなかったとどうしていえようか……。

あっと、貞乃は息を呑《の》んだ。

「あたしがここに来た理由は、ただ一つ……。貞乃さん、あたしの許に戻って来てくれませんか？　あたしの女房は、おまえさんただ一人……。その気持は昔も現在《いま》も変わっていません……」

「恥も外聞もかなぐり捨て、こうして無茶を言うのも、すべて、貞乃さんを想えばこそ！　あたしはおまえさんがいないと生きていけないのです。貞乃さん、どうかうんと言っておくれではないか……」

時蔵がそう言ったとき、貞乃の心は千々《ちぢ》に乱れ、女ごとしての幸せを嚙み締めたのである。

国許にいる頃、その言葉をどんなに待っていただろうか……。

双親がなんと言おうが、自分はおまえと生きる、どんなことがあろうともついて来ておくれ……。

時蔵のためを思えば身を退《ひ》くべきと知りつつも、貞乃は心の底でその言葉を期待していたのである。

が、時蔵は困じ果てたような顔をしながらも、終《つい》しか、言葉に出して言わなかった。

それゆえ、貞乃は時蔵への想いを断ち切り、泣く泣く国許を後にしたのである。

そうして、品川宿で新たなる人生を歩み始めて三年……。

現在《いま》では、過去に未練はないはずだった。

それなのに、今再び時蔵を前にして、激しくときめいた自分の心はどうだろう。

嘗《かつ》て一度だけ褥《しとね》を共にしたあのとき、つと鼻を衝いてきた男の匂い……。

身体を合わせたときの肌の感触や男の匂いは、現在《いま》でも、決して忘れ去ることが出来ない。

正《まさ》な話、時蔵を前にして、貞乃は懸命《けんめい》に肌に染《し》みついた過去の記憶を消し去ろうとしていたのだった。

が、その貞乃の狂《くる》おしいまでの想いを断ち切ってくれたのが、ふと眼窩を過ぎった子供たちの顔、顔、顔……。

おいねの顔が過ぎり、そして、みずき、おせん、卓也《たくや》、勇次、悠基、茜《あかね》、海人《かいと》の顔……。

そうだ、わたくしにはこの子たちがいる！　そう思った刹那、はっきりと想いを言葉にすることが出来たのである。

「そこまでわたくしのことを想って下さる気持は嬉しく思います。けれども、現在《いま》のわたくしは一人ではないのです。あすなろ園の寮母……。いえ、孤児《みなしご》たちのおっかさんなのです。あの子たちが心身ともに健やかに育ってくれることを我が悦《ひ》びとし、他人《と》に尽くすことを我が宿命《さだめ》と思っているのですよ。ですから、どうかわたくしのことはお忘れ下さいませ。国許にいた頃のわたくしは、もうこの世にいません。いるのは、立場茶屋おりきの一員である貞乃であり、子供たちのおっかさんの貞乃なのですから……」

貞乃は時蔵にというより、自分に言い聞かせるつもりで、その言葉を放ったのである。

言ってしまうと、それでもまだどこかしら胸の中でもやっていた迷いが、すっと消えたような気がした。

貞乃はやっと本当の自分が取り戻せたのである。

とは言え、時蔵を前にして、一瞬、揺らいでしまった女心……。

その想いが、貞乃に後ろめたさや疚しさを覚えさせるのだった。

貞乃は心に過ぎったそんな想いを振り払うと、ふっと微笑んだ。

「ええ、三年ぶりでしたからね。けれども、もう二度とお目にかかることはないでしょう」

すると、供物台に集まっていた子供たちが、再び、わっと貞乃の傍に駆けてきた。

「ねっ、雨が降ってるから、月は出ないよね？　それでも、月見をするの？」

「するもん！　じっちゃんが言ってたもん。はっきりと見える月を名月《めいげつ》、雨が降ってまったく月が見えないのを雨月、雨は降っているけど、ほんの少し雲が切れて月の光が見えるのを雨の月っていうんだって……。ねっ、せんせい、そうだよね？」

おせんとみずきが交互に訊ねてくる。

「あら、みずきちゃん、よく知っていること！　亀蔵親分から聞いたのね。ねっ、皆、みずきちゃんが言ったとおりなのだけど、じゃ、今日の月見はなんでしょう。雨が降っているから雨月かしら？　それとも、月が出る頃には雨も上がり、雲間《くもま》から月が顔を出すかしら？　さあ、どちらだと思います？」

貞乃が子供たちに問いかける。

「止《や》むよ！　おいらが祈っておいたから、きっと止むよ」

悠基が円《つぶ》らな瞳《ひとみ》を輝かせる。

「あたしも雨の月だと思う！　だって、月が出ない月見なんて、つまんないもん！」

おいねがそう言うと、勇次が供物台に走り、三宝の小芋を摘《つま》み上げる。

「おいらはどっちでもいい！　だって、月見のお陰で芋や栗が食えるんだもん」

勇次はそう言うと、小芋を口の中に放り込んだ。

「まっ、勇坊《ゆうぼう》ったら！」

「おまえ、さっきから摘み食いをしてばかりじゃないか！　榛名さん、この子には夕《ゆう》餉《げ》を食べさせなくていいからね」

キヲが榛名に目まじする。

「ええェ……。嫌だよ、そんなの！」

勇次が堪りかねたような声を上げ、子供部屋が笑いの渦《うず》に包まれる。

貞乃は目を細めた。

これが、自分の幸せなのだ……。

貞乃の目が涙に潤《うる》み、子供たちの顔が歪《ゆが》んで見えた。


「源次郎さま、ようこそお越し下さいました。今宵初めて源次郎さまをお迎えするに当たり、立場茶屋おりきの一同、何より、板頭が嬉しく思っています。生憎、今宵は雨となりましたが、雨の月もまた風情があるかと思います。どうか、存分に月見の宴をお愉しみ下さいませ」

おりきが下げた頭を上げ、源次郎に微笑みかける。

源次郎は慌てて威儀《いぎ》を正した。

「女将さん、あたしは感激で胸が一杯です。噂《うわさ》には聞いていましたが、これがこちらの萩の隧道《ずいどう》なのですね。縁側に設《しつら》えた萩の隧道に、周囲《まわり》を取り囲む芒や吾亦紅、杜鵑草といった山野草の数々……。萩の隧道を通して、山野から海を眺め、望月を愉しむという趣向に胸が打たれました。生憎、今宵は雨模様《あめもよう》となり月を愛でることが叶《かな》いませなんだが、あたしの頭の中には、水面《みなも》に影を落とす月の道がはっきりと描《えが》かれています。父や高麗屋《こうらいや》さんが毎年のようにここで月見をしたがる気持がよく解りましたよ」

「沼田屋や高麗屋のお陰で、今年はこのあたしまでが加えてもらえたのだから、感謝感激！　なっ、源次郎、良かったな？　家でくさくさしてばかりいないで、こうして前向きに生きていくことが必要なのだからよ」

真田屋吉右衛門《きちえもん》が嬉しそうに頬を弛める。

「はい。お誘《さそ》い下さり有難《ありがと》うございました」

「で、どうだ？　板頭の料理は。これが会席膳というものでよ。茶事懐石《ちゃじかいせき》や本膳《ほんぜん》とはまた違った趣《おもむき》があるだろう？　料理もさることながら、器や盛りつけに風情があり、目でも存分に愉しませてくれるのだからよ！」

源左衛門がそう言うと、源次郎は興奮したようにおりきを見た。

「最初に出た八寸の乙粋《おついき》さにも感動しましたが、あたしは強肴の松茸の香揚と蟹磯巻蕎麦粉揚が気に入りました。松茸の蕾《つぼみ》に衣《ころも》をつけて揚げると、香りを逃がさないのですね。衣の中に封《ふう》じ込んでしまったせいか、口の中に入れるとなんとも言えない旬《しゅん》の香りが広がってきて、これは絶品です。それに、解した蟹の身を海苔に包んで蕎麦粉を衣にした変わり揚にも思わず唸《うな》ってしまいました。磯の香りを存分に味わうことが出来、蕎麦粉との相性《あいしょう》も実によい！　こういった心憎《こころにく》い仕事が出来る板頭には頭の下がる思いです。礼を言っておいて下さいませ」

「あとで板頭が挨拶に参りますので、直接言ってやって下さいませ」

おりきがそう言うと、源左衛門が驚いたような顔をする。

「ほう、板頭が挨拶をね……。あたしたちはこれまで何度もここに来ているが、板頭が客室に挨拶に来るなんてことは一度もなかった……。また、どういった風の吹き回しなんだろう」

「沼田屋、おまえさんには解らないのかえ？　板頭はよ、源次郎を励まそうと思っているのよ。だってそうだろう？　板頭が源次郎や真田屋と繋がりが出来たのは、昨年のあの茶会、それに祝言からだ……。ところが、こずえさんの死という哀しい出来事が続き、以来、源次郎がすっかり塞《ふさ》ぎ込んでいると聞いたもんだから、板頭もなんとかしなければと居ても立ってもいられなかったのだろうて……。だから、今宵の月見に源次郎も参加と聞き、板頭にしてみれば感無量《かんむりょう》なんだよ。板頭だけじゃない。このあたしだって、昨日、真田屋からその旨を聞き、ああやっと源次郎が前向きに生きようという気になってくれたのだと、思わず涙ぐんじまったもんな……」

高麗屋九兵衛《きゅうべえ》が言う。

「済まない……。源次郎のことで皆にそんな心配をかけていたとは……」

源左衛門が気を兼ねたように頭を下げる。

「皆さま、心配をおかけし、申し訳ありませんでした」

源次郎が頭を下げると、吉右衛門も慌てて後に続いた。

「なんだえ、三人して……。止《よ》せ、止せ、しんみりしたんじゃ酒が不味《まず》くなる。で、次はなんだ？　ほう、蒸し物とな。百合根饅頭の銀餡かけか……。なんだか判らないが美味そうではないか！」

九兵衛がお品書を手にする。

「まっ、高麗屋さまは……。これまでにも何度か召し上がっていますわよ」

おりきがくすりと肩を揺らす。

と、そのとき、源左衛門が萩の隧道へと目をやり、おおっ……、と声を上げた。

「雲が割れ、月が出ましたぞ！」

「どれどれ……。あっ、本当だ」

「いつの間に雨が止んだのでしょう。まだ月の姿は見えませんが、雲の切れ目から月光が射《さ》し、ああ、なんて美しいのでしょう……」

九兵衛も源次郎も身を乗り出すようにして、空を見上げる。

空はまだ厚い雲に覆われているが、雲と雲の間に僅かな隙間《すきま》が出来、おぼおぼとした月明かりが海に向けて投げかけられていた。

雨の月……。

望月のように晴れ晴れしくないが、儚《はかな》げな光は今にも消え入りそうで、なんとも幽《ゆう》明《めい》の境《きょう》へと誘うかのように幻想的《げんそうてき》ではないか……。

「満月《まんげつ》や雨月は何度も目にしましたが、雨の月がこのように人の心を捉《とら》えるとはよ！」

「沼田屋、高麗屋、改めて礼を言わせてもらいますよ。あたしはこのような美しい光景に巡《めぐ》り逢えるとは思ってもいませんでした……。なっ、源次郎、やはり来てよかっただろう？」

吉右衛門が源次郎に目をやり、おっと驚いたような顔をする。

「どうした、源次郎……。おまえ、泣いているではないか！」

源次郎は慌てて指先で目尻を拭《ぬぐ》った。

「いえ、萩の隧道を通して雨の月の射し込む海を見ていると、ふっと、こずえが傍にいるような気がして……。みっともないところをお見せしてしまいました」

源次郎が照れ臭そうに呟く。

おりきは源次郎の耳許《みみもと》にそっと囁《ささや》いた。

「きっと、こずえさまは傍においでですよ。もしかすると、こずえさまが雨の月を見せて下さったのかもしれません、今宵は雨月であっても不思議はなかったのですものね」

「こずえが……」

源次郎がおりきを瞠める。

「女将の言うとおり！　きっと、こずえが源次郎のために粋《いき》な計《はか》らいをしてくれたのだろうからさ。おっ、百合根饅頭が運ばれてきたようだ。では、頂《いただ》くとしようか！」

吉右衛門たちが再び席につくのを見届け、おりきは浜木綿の間を辞した。

帳場に戻ると、達吉が待ち構えていたように声をかけてきた。

「才造の奴、今頃、どうしているでしょうかね」

「また、大番頭さんは……。取り越し苦労をしたところで始まらない、すべてはなるようにしかならないのだから泰然《たいぜん》と構えているように、とわたくしに忠告したのは大番頭さんではないですか……。今宵は亀蔵親分にお委せしているのですもの、親分を信頼していましょうよ」

「けど、迎えに行ったおみのが帰《けえ》って来て言うには、才造の奴、おみのがあれこれと話しかけても、何ひとつ答えようとしなかったとか……。十七年ぶりの再会だというのに、そりゃねえだろうと思ってよ。やっぱ、島での流人暮らしが才造の心をすっかりひん曲《ま》げちまったんだろうか……。そんなことを考えていると、あっしは心配《しんぺえ》で、心配で……」

「人は感極《かんきわ》まると、何も言えなくなります。才造さんにとって、この十七年はそれほど重いものだったのでしょう。それに、現在《いま》ここであれこれと推測したところで何もなりません。明日、おみのを交えて才造さんの今後の立行を皆で話し合うことになっているのですもの、今宵は親分の裁量《さいりょう》に委《ゆだ》ねる以外にありません」

「まあな……。ひと晩もあれば、才造が何を考えているのかくれェ、あの親分なら探れるだろうしよ。よいてや！　あっしはもう人の疝気《せんき》を頭痛に病《や》むこたァしやせんので……」

「それより、大番頭さん、見ましたか？　てっきり今宵は雨月だろうと思っていたのに、先ほど雲の切れ目から月明かりが射しましたのよ」

「えっ？　ちっとも気づかなかった……。まだ見えやすかね？」

「さあ、どうでしょう」

達吉が慌てて板場の水口から中庭へと出て行く。

が、暫《しばら》くして戻って来ると、恨《うら》めしそうにおりきを見た。

「雨は上がってやしたが、空一面に雨雲が張っていて、月明かりなんてありゃしねえ……」

「まあ、それは残念ですこと……。きっと、ほんの一瞬のことだったのでしょうね。こずえさまが運んで来て下さった粋な計らいですもの、源次郎さまの目に届けばそれでよかったのでしょうよ」

「…………」

達吉はなんのことを言っているのだといったふうに、目をまじくじさせた。

おりきはくくっと笑いを嚙み殺した。

説明したところで、到底《とうてい》、達吉には理解できないであろう。

人の想いは千差万別《せんさばんべつ》……。

同じことを体験しても人それぞれに受け止め方が違い、だからこそ、生きることには妙味《みょうみ》があるのである。

「そりゃそうと、小鉄屋《こてつや》の内儀と甥《おい》の年彦《としひこ》、今頃どうしていやすかね？」

達吉が思い出したように言う。

「さあ……。あれっきり便りがありませんが、恐らく、江戸のどこかに身を落ち着け、お浪《なみ》さんと年彦さんは夫婦《めおと》としての暮らしを始めておられるでしょうよ」

「だったら、近況を知らせてくれてもよいものを……。へっ、現金なもんだぜ！　品川の海で心中しようとしたところを女将さんに助けられ、女将さんから、道ならぬ恋に落ちたのも二人の持って生まれた宿命《さだめ》、自《みずか》ら生命《いのち》を絶《た》つようなことをして宿命に逆らうより、心許《こころもと》ないままに一歩ずつ前へと歩んでいくほうがよい、と諄々と諭されたことなんて、けろりと忘れてるに違《ちげ》ェねえんだ……。こりゃ、喉元《のどもと》過ぎればなんとかってことなんでしょうかね」

達吉が苦々《にがにが》しそうに言う。

「それでよいではないですか。お二人が幸せに暮らして下されば、それほど嬉しいことはないのですもの……」

「そんなもんなんでやすかね？」

達吉が首を傾げる。

三月《みつき》前、日頃は一見客《いちげんきやく》を取らない立場茶屋おりきの旅籠に、ほぼ飛び込みといった恰好《かっこう》で一組の男女が泊まった。

小田原《おだわら》の提灯屋《ちょうちんや》小鉄屋の内儀で、番頭見習の潤三《じゅんぞう》が堺屋《さかいや》にいた頃の常連客だというものだから、たまたま部屋が空《あ》いていたこともあり泊めたのだが、まさか、内儀のお浪が連れていたのが義理の甥で、しかも、二人が道ならぬ恋の果て、死出《しで》の道行《みちゆき》にこの品川の海を選んだとは……。

そのことに気づいたおりきは巳之吉と共に浜辺を捜し廻り、間一髪《かんいっぱつ》というところで二人の心中を引き留めたのだった。

あのときも、空には品の月が輝いていた。

達吉は恐らくそのときのことを思い出し、敢えて二人のことを口にしたのであろう。

月明かりほど妖《あや》しく、人の心を惑わせるものはない。

が、とてつもなく優しい心にもさせてくれるのだった。

だからこそ、人は月に想いを馳《は》せ、愛でることに悦びを見出《みいだ》すのであろう。

「そろそろ、巳之吉が浜木綿の間に挨拶に上がる頃でしょうから、それでは、わたくしも食後のお薄《うす》を点《た》てに参ることに致しましょう」

「おっ、才造、ここに来てみな！　ほれ、見えるだろう？　雲が割れて月明かりが射してやがる……」

八文屋の二階の窓から、亀蔵が空を指差す。

「本当だ……。へえェ、なんだかぞくりとするような光景でやすね」

「てっきり、今宵は月を愛でるのは無理と思ってたが、こうしてみると、おめえもまだ運があるのかもしれねえな」

「…………」

「俺ャよ、おめえが海とんぼになるのを応援することに決めたぜ。おめえが、これまでおみのに苦労をかけてきたことへの償《つぐな》いをするためには、それは自分が真っ当に働いている姿を見せてやること以外にはねえ、と言ったおめえのその言葉に、うさァねえ（嘘はない）と思ってよ……。俺ャよ、おめえがこれからはおみのを幸せにしてみせるとか、楽な暮らしをさせてみせると言ってたら、この嘘つきが！　と思ったかもしれねえ……。ところが、おめえは何がおみのを幸せにすることか解っていたんだもんな？　おみのは兄貴のおめえが真っ当に働いてくれることが一等幸せなんだ。大それたこたァ考えなくていい……。まずは一歩、そうして、こつこつと地道《じみち》に歩んでいくよりしょうがねえからよ。おさわが言ってたぜ。おめえは悪い男じゃねえって……。

魚の食い方を見ると、人が判るんだってよ。おめえ、鯵《あじ》の焼物を猫が跨《また》いで通るくれェに、それは見事に食ったじゃねえか！　おさわに言わせりゃ、そういう食い方をする者は、魚を捕《と》った漁師や調理をしてくれた料理人に、何より、魚に対して感謝の気持を持っているんだとよ。そんな感謝の気持を持つ者に悪い者はいねえというのが、おさわの持論《じろん》でよ……。俺なんざァ、いつも食い方が雑《ざつ》だと言われてるもんだから、今日のおめえの食い方を見て、成程《なるほど》、そんなものなのかと思ってよ」

才造が気恥《きは》ずかしそうに俯《うつむ》く。

「別に、感謝というんでもねえんだが、余すところなく食ってやらねえと、食われる魚に済まねえように思って……」

「それよ！　その気持のことをおさわは言ってるのよ。魚だけじゃねえ。おめえは何を出しても、実に美味そうな顔をして食ってくれた……。作った者にしてみれば、これほど嬉しいことはねえからよ」

「いえ、本当に、何もかもが美味かったんだ！　まさか、あっしのためにあんな馳走《ちそう》を作ってくれるとは……。島帰《げえ》りだというのに、おさわさんばかりか、こうめさんも鉄平さんも、みずきちゃんまでが歓迎してくれてよ。正な話、娑婆に戻ったのはいいが、これから先、娑婆の人間に甘《うま》く馴染《なじ》めるだろうかと心細かったんだが、なんだか勇気を貰えたような気がして……。親分、有難うごぜいやす」

才造がぺこりと頭を下げる。

「そうけえ。そいつァ良かった！　明日、立場茶屋おりきに挨拶に行ったら、その脚で猟師町《りようしまち》に廻るからよ。おめえを使ってくれそうな網元に心当たりがあるからよ。まっ、俺が話をつければ、恐らく纏まるだろう……。となると、住み込みとなるわけだが、それでいいな？」

亀蔵が才造を睨めつける。

「へい。親分に恥をかかせねえように努《つと》めやす」

「いい、いい、てんごうを！　俺のためじゃねえ。てめえのため、おみののために頑張《がんば》るんだろうが！　いいか、言っとくが、二度と邪な心を持つんじゃねえぜ。何があろうと、辛抱の棒が大事。稼《かせ》ぐに追いつく貧乏《びんぼう》なし、正直の果報《かほう》は寝て待てといって、せっせと働き正直に暮らしていれば、いつか必ずよい報いがあるってことでよ……。おめえが島帰《げえ》りということで後ろ指を指す輩《やから》がいるかもしれねえが、おめえは立派に加役を務め上げてきたんだから、動じるこたァねえんだ！　言いてェ奴らには言わせておけばいいんだからよ。泰然としていれば、そのうち、そういった輩も泥《どろ》に灸《やいと》ってなもんで諦めるだろうからよ」

「へい」

「なっ、見なよ。望月もいいが、雨の月もなかなか風情があっていいものよのっ！」

亀蔵が空を見上げる。

その頃、あすなろ園でも、子供たちが空を見上げていた。

「せんせい、見て、見て！　ほら、月明かりが射したよ」

供物台の前に坐ったおせんが、甲高《かんだか》い声を張り上げる。

「まあ、なんて綺麗《きれい》なのでしょう……。おせんちゃん、良かったわね！　今宵はもう月は無理かと諦めていましたが、ほんの少し、光が見えたのですものね」

貞乃がおせんに笑いかける。

夜分になると、キヲや海人、おいね、みずきは各々《おのおの》の家に帰ってしまうので、現在《いま》ここにいるのは、貞乃に榛名、卓也、勇次、おせん、悠基、茜の七名である。

当初、貞乃は茶室、榛名は二階家の一室で寝泊まりしていたが、夜分、あすなろ園を子供たちだけにしておくのが心配だという理由で、二人とも子供部屋に移ってきたのである。

「ねっ、ねっ、おいら、喉がからついちまった！　西瓜《すいか》を食おうよ。卓あんちゃんが井戸に浸《つ》けておいた西瓜、もう冷えてるよね？」

勇次にはどうやら月見より食い気とみえ、甘ったれた声を出す。

「あら、あれは明日みずきちゃんやおいねちゃんが来てから、皆で食べるのだったでしょう？」

榛名がそう言うと、勇次が貞乃の傍にすり寄って来る。

「半分だけ……。ねっ、今夜、半分だけ食って、残りを明日皆で分ければいいじゃないか！　ねっ、せんせい、そうしようよ」

「あら、それじゃ、勇坊は今宵も明日も食べることになるではないですか」

「だって、おいねもみずきも、自分ちでおっかさんから美味《うめ》ェもんを食わせてもらってるんだぜ！　あいつら、狡いや……。朝餉《あさげ》や夕餉は自分ちで美味《うめ》ェもんをたらふく食っといて、中食だけここで食べるんだからよ。だから、おいらたちが西瓜を半分だけ先に食べたって文句はねえはずだ！　なっ、おせんも悠基もそう思うよな？」

勇次に促され、おせんと悠基が、うん、思う！　と手を挙げる。

貞乃と榛名は顔を見合わせた。

勇次たちがそんなことを思っていたとは……。

確かに、身寄りのいない子や、身寄りはいてもかまってもらえない子から見れば、夕刻になると親元に戻っていく、おいねやみずきが羨《うらや》ましく思えるのであろう。

だからこそ、そのぶん、貞乃や榛名が勇次たちの親として温かく包み込んでやらなければならないのだが、それでもまだ、そんな想いをさせていたとは……。

「榛名さん、どうかしら？」

貞乃が目まじすると、榛名も頷く。

「そうですね。半分食べちゃいましょうか！」

子供たちの顔がパッと輝いた。

「ヤッタ！　わァい、ヤッタぜ！」

勇次が畳の上をぴょんぴょんと飛び跳《は》ねる。

「これ。勇坊！　今、西瓜を切ってきてあげるから、飛び跳ねるのはお止しなさい。卓ちゃん、手伝ってくれるかしら？」

榛名が卓也を促し、子供部屋から出て行く。

勇次はよほど嬉しかったのか、悠基の手を引いて燥《はしや》ぎ廻り、何を思ったのか、背後から貞乃に抱きついてきた。

「おっかさん、有難う！」

貞乃の胸がきやりと揺れた。

今、なんと……。

確か、おっかさんと呼んだように思えたのだが……。
貞乃の胸にじわじわと熱いものが広がっていく。
ああ、わたくしが求めていたものがここにある。
もう、迷わない！
勇坊、わたくしはおまえたちのおっかさんなんだもんね……。
貞乃の頬をゆるりと熱いものが伝い落ちる。
雨の月……。
皆の胸に様々《さまざま》な想いを射しかけ、月は西の空へと傾いていくのだった。

本書は時代小説文庫（ハルキ文庫）の書き下ろし作品です。

時代小説文庫
い6-23

極楽日和《ごくらくびより》 立場茶屋《たてばぢゃや》おりき

著者 今井絵美子《いまいえみこ》

2013年7月18日第一刷発行

発行者 角川春樹

発行所 株式会社 角川春樹事務所
〒102-0074 東京都千代田区九段南2-1-30 イタリア文化会館

電話 03(3263)5247[編集] 03(3263)5881[営業]

印刷・製本 中央精版印刷株式会社

フォーマット・デザイン＆シンボルマーク 芦澤泰偉

ISBN978-4-7584-3751-6 C0193

http://www.kadokawaharuki.co.jp/[営業]
fanmail@kadokawaharuki.co.jp[編集] ご意見・ご感想をお寄せください。

時代小説文庫

今井絵美子
鷺の墓

書き下ろし

藩主の腹違いの弟・松之助警護の任についた保坂市之進は、周囲の見せる困惑と好奇の色に苛立っていた。保坂家にまつわる因縁めいた何かを感じた市之進だったが……（「鷺の墓」）。瀬戸内の一藩を舞台に繰り広げられる人間模様を描き上げる連作時代小説。「一編ずつ丹精を凝らした花のような作品は、香り高いリリシズムに溢れ、登場人物の日常の言動が、哲学的なリアリティとなって心の重要な要素のように読者の胸に嵌め込まれてくる」と森村誠一氏絶賛の書き下ろし時代小説、ここに誕生！

今井絵美子
雀のお宿

書き下ろし

山の侘び寺で穏やかな生活を送っている白雀尼にはかつて、真島隼人という慕い人がいた。が、隼人の二年余りの江戸遊学が二人の運命を狂わせる……。心に秘やかな思いを抱えて生きる女性の意地と優しさ、人生の深淵を描く表題作ほか、武家社会に生きる人間のやるせなさ、愛しさが静かに強く胸を打つ全五篇。前作『鷺の墓』で「時代小説の超新星の登場」であると森村誠一氏に絶賛された著者による傑作時代小説シリーズ、第二弾。

（解説・結城信孝）